TITAN

STERNENABENTEUER

Band 1

In dieser Reihe sind bereits erschienen:

1201	Ziegler, Thomas	2107 – Vorstoß nach Katai
1202	Ziegler, Thomas	Die Meister des Lebens
1203	Ziegler, Thomas	Das Haus des Krieges
1204	Ziegler, Thomas	Entscheidung auf Toschawa
1205	Ziegler, Thomas	Das Tribunal der Häuser
1206	Ziegler, Thomas	Die Stunde der Verräter
1207	Ziegler, Thomas	Invasion der Biomechs
1208	Ziegler, Thomas	Die oberste Instanz
1209	Ziegler, Thomas	Planet der Propheten
1210	Hahn, Ronald M.	Im Auftrag des Sternenkaisers
1211	Hahn, Ronald M.	Exilplanet Othan
1212	Rückert, M. H.	Im Reich der zwölf Monde
1213	Rückert, M. H.	Das Ende der HTO

In Vorbereitung:

1214	Mehnert, Achim	Das Virtuversum
1215	Mehnert, Achim	Söldner der Goch'dschiach
1216	Mehnert, Achim	Sturm auf den Feuerwall

Alfred Bekker · Martin Kay
Margret Schwekendiek

Das Ende der HTO

Science Fiction-Roman

Redaktion: Jörg Kaegelmann
Umschlaggestaltung: babbarammdas
Cover: R. S.-Lonati
Exposé & Lektorat: M. H. Rückert
Satz: timtext, Belgien
Druck und Bindung: Drogowiec, Polen

www.BLITZ-Verlag.de
ISBN3-89840-103-0

Vorwort

Eine Ära endet – und eine neue beginnt. Mit diesem Band enden die *Neuen Abenteuer* der *Raumschiff Promet*-Serie. Die Crew der teilzerstörten *Promet IV* steigt komplett um auf das Raumschiff *TITAN*.

Die beiden nunmehr abgeschlossenen (und komplett lieferbaren) Serien *RAUMSCHIFF PROMET - Neue Abenteuer* und *RAUMSCHIFF PROMET - Classics* werden ab sofort als *TITAN-Sternenabenteuer* weitergeführt. So wie es bereits vor fast 30 Jahren geplant war.

Die Betreuung der Serie obliegt dabei mir. Als guter Bekannter des vor über zehn Jahren verstorbenen Serienvaters *Kurt Brand* möchte ich das Flair der Originalserie natürlich erhalten.

Liebgewonnene Protagonisten und Handlungsschauplätze aus den Serien *RAUMSCHIFF PROMET - Neue Abenteuer* und *RAUMSCHIFF PROMET - Classics*, die mit Band 13 abgeschlossen wurden, werden dabei nicht vergessen. Auch sollen einige der alten Rätsel endlich gelöst werden.

Besonders erfreut bin ich, daß der *RAUMSCHIFF PROMET*-Zeichner aus den siebziger Jahren, *Manfred Schneider*, ebenfalls wieder mit neuen Arbeiten bei *TITAN* vertreten sein wird.

Meinem Freund und Kollegen *Werner Kurt Giesa* danke ich für die ausgezeichnete Arbeit, die er in den letzten Jahren für *RAUMSCHIFF PROMET - Classics* geleistet hat.

Zu den Sternen!

Manfred H. Rückert

Schaafheim, Anfang Juni 2002

1.

Wie aus dem Nichts tauchte ein blauschimmernder Tropfen aus der Schwärze des Weltraums auf. Das blaue Schimmern rührte von der quantenstabilisierenden, extrem widerstandsfähigen M-Stahl-Legierung her, aus der die Außenhaut bestand. Der Tropfen war einhundertzwanzig Meter lang, der Maximaldurchmesser an der größten Verdickung betrug vierzig Meter. Am Bug dieses Gebildes ragten diverse Antennen hervor; im Ringwulst des Heckbereichs waren ein Borul-Transitions-Triebwerk mit einer maximalen Sprungweite von 300 Lichtjahren, sechs schwenkbare, enorm schubstarke DeGorm-Turbo-Triebwerke für den Unterlichtflug sowie ein Antigrav-Impuls-Antrieb für den Atmosphärenflug, kurz Gravopuls genannt, untergebracht.

Es handelte sich um eine der modernsten Einheiten, über die die Firmen-Flotte der HTO-Corporation zur Zeit verfügte.

Die PROMET IV trat aus dem Parakon. Das gewaltige Borul-Triebwerk schaltete sich ab. An seiner Stelle traten die DeGorm-Triebwerke in Aktion.

Auf der Holoprojektion in der Zentrale des Raumschiffs wurden die Sterne sichtbar.

Shalyn Shan, die Kommandantin der PROMET, lehnte sich in ihrem Kontursessel zurück. Die Moranerin mit den schockgrünen Augen hörte dabei eher beiläufig der Stimme von *Kip* zu, der *Künstlichen Intelligenz* PROMET, der Bordtronik des Raumers.

»Transition erfolgreich abgeschlossen. Alle Systeme arbeiten einwandfrei«, meldete die angenehm klingende Bariton-Stimme.

»Zurückgelegte Lichtjahre vom Startpunkt Algor-System aus: 1179. Noch zurückzulegende Strecke bis zum Zielpunkt Station TANNHÄUSER: 295 Lichtjahre.

Die letzte von insgesamt fünf programmierten Transitionen wird vorbereitet.«

»Sind Korrekturen notwendig?« fragte Shalyn Shan.

»Negativ«, antwortete Kip. »Soll die Vorbereitung der fünften Transition auf dem Kurs zur Station TANNHÄUSER programmgemäß fortgesetzt werden?«

»Fortsetzen«, entschied Shalyn, nachdem sie kurzen Blickkontakt mit Anake Takagawa aufgenommen hatte. Takagawa war der Pilot der PROMET IV, ein etwa ein Meter siebzig großer hagerer Mann mit wüst zernarbtem Gesicht. Normalerweise liebte er es, Kip durch Scherze in Verwirrung zu stürzen, aber im Moment schien ihm nicht der Sinn danach zu stehen.

»Transition in einer Stunde, 30 Minuten. Zeitspanne zur Vermeidung von Materialermüdungen beibehalten?« fragte Kip.

»Beibehalten«, nickte die Kommandantin.

Patrick O'Healy meldete sich zu Wort, der an Bord der PROMET die Funktion eines Funkers und Orters ausfüllte. »Objekt tritt aus dem Parakon«, meldete er.

»Position?« fragte die Kommandantin.

»Auf Grün 30:15,05, Blau 77:52,60 und Rot 89:67,22. Entfernung ca. 80 000 Kilometer.«

»Identifizierung möglich?«

»Es ist die JOLLY ROGER.«

Die Moranerin atmete tief durch. »Na endlich«, murmelte sie. »Wo habt ihr nur so lange gesteckt ...« Sie wandte sich an O'Healy. »Funkkontakt herstellen, Pat!«

»Aye, aye, Madam!«

Beide Schiffe hatten ihre Transitionen miteinander koordiniert, darum war Shalyn über die Verspätung des anderen Raumers erstaunt.

Wenig später erschien eine Projektion aus der Kommandozentrale der JOLLY ROGER. Der afrodeutsche Pilot Helmut M'Banga, sowie die aus Nordrussland stammende Eignerin Barbie Delaney wurden sichtbar. Im Hintergrund waren Arn Borul, Vivien Raid und Eric Worner zu erkennen.

»PROMET IV an Frachter JOLLY ROGER. Was ist los mit euch? Irgendwelche Schwierigkeiten bei der Transition?«

»Nichts Wesentliches«, meldete sich Helmut M'Banga zu Wort. »Es gab ein paar technische Probleme, aber die sind im Griff.«

»Wir haben bis zur TANNHÄUSER noch einen letzten Transitionssprung hinter uns zu bringen. Meinen Sie, dass der für die JOLLY ROGER problemlos durchzuführen ist?« fragte die 31-jährige, 1,70 Meter große Shalyn Shan.

Helmut M'Banga grinste.

»Was heißt an einem Schiff wie der JOLLY ROGER schon problemlos?« lachte er und deutete auf Barbie Delaney. »Die Eignerin dieses alten Klapperkastens sollte mal wieder investieren, würde ich sagen, sonst bleiben wir noch irgendwann auf Nimmerwiedersehen im Parakon hängen ...«

»Du übertreibst«, erwiderte Barbie und machte einen Schmollmund. »Nach dem nächsten großen Frachtauftrag kann ich vielleicht eine kleine Summe abzweigen ...«

»Hat euch die HTO nicht einen dicken Brocken versprochen?« fragte Takagawa, der Abenteurer aus Mega-Tokio.

»Versprochen ja«, antwortete Barbie. »Ich werde das Geld aber erst zählen, wenn ich es wirklich habe.«

»Eine weise Einstellung«, nickte Anake.

Shalyn Shan schaltete sich wieder ein. »Sollte es irgendwelche Schwierigkeiten bei den Vorbereitungen zur nächsten Transition geben, dann meldet euch bitte umgehend!«

»Wird gemacht«, versprach Barbie.

Die Projektion wurde deaktiviert.

»Dafür, dass Barbies Raumschiff angeblich so klapprig ist, hat es unsere gemeinsame Aktion aber gut überstanden«, konnte sich Anake eine Bemerkung nicht verkneifen.

Shalyn Shan erhob sich.

»Ich denke, du schaffst das hier allein, Anake«, sagte die Kommandantin an den Piloten gerichtet.

»Kein Problem.«

Er sah ihr nach, bis sie durch die automatische Schiebetür verschwunden war. Er konnte sich schon denken, was sie vorhatte. Sie wollte sich jemandem widmen, der sich als Gast an Bord der PROMET IV befand: Jörn Callaghan, ihrem Ehemann.

»Sind wir sie los?« Ungeachtet der Frage behielt Linnéa Skarsgard weiterhin die Ortungsanlagen im Auge. Feine Schweißperlen hatten sich auf ihrer Stirn gebildet. Einige von ihnen begannen, sich zu verselbständigen und rannen an den Schläfen, tropften von den Brauen herab. War die Temperatur an Bord tatsächlich um einige Grad gestiegen oder bildete sich Linnéa dies nur ein? Ein schnelles Blinzeln rettete sie vor einer Schweißperle, die sich in ihrem Auge verirren wollte.

Das Räuspern Mr. Townsends erinnerte sie daran, dass ihr die Kommandantin eine Frage gestellt hatte. Linnéa blickte auf und fuhr sich durch die kurzen, leicht gewellten, weißblonden Haare. Ihr schüchterner Blick suchte den von Mr. Townsend, doch der Australier nickte nur in Richtung des Captains.

Keine Miene verziehend wanderte Linnéas Blick zur Kommandantin. »Ich bin mir nicht sicher.«

Susann Quang verschränkte die Arme vor der Brust. Sie war gebürtige Amerikanerin, doch die chinesische Abstammung sah man ihr deutlich an. Ihr schwarzes, glattes Haar war schulterlang und wurde im Nacken von einem roten Band zusammengehalten. Wie bei vielen Asiaten war ihr Alter schwer zu schätzen, doch Susann – oder Suzie, wie sie von ihren Freunden genannt wurde – verhehlte nicht, dass sie die Vierunddreißig vor einem halben Jahr überschritten hatte.

»So, Sie sind sich nicht sicher?« wiederholte Suzie und ließ ihren Blick durch die Kommandozentrale ihres HTO-Kreuzers schweifen.

Die VIANA war ein typisches Schiff der Harry Titus Orell-Corporation und vereinigte das Beste aus terranischer und moranischer Technik in sich. Bereits seit dem Jungfernflug im Jahre 2103 war Suzie Quang Kommandantin der VIANA, die in ihrer Bauweise der PROMET IV glich. So wies sie ebenfalls die charakteristische Tropfenform der HTO-Schiffe auf und brachte es auf eine stolze Länge von einhundertundzwanzig Metern.

Suzie musterte ihre Crew, die sich vor ein paar Stunden komplett in der Zentrale versammelt hatte. Neben der schwedischen Funk- und Ortungsspezialistin Linnéa Skarsgard und dem Navigator Jordan Townsend, dessen Fimmel es war, sich von jedermann mit *Mister*

Townsend anreden zu lassen, befanden sich noch fünf weitere Mitglieder unter ihrem Kommando.

Die Pilotin Caren tenMay machte einen gelangweilten Eindruck. Sie beobachtete ihre Instrumente, und bei jeder Bewegung ihres Kopfes klimperten die Unmengen an Ohrringen und Ketten, mit denen sie sich stets ausstaffierte. Markant war auch ihr rotblonder Igelschnitt, der ihr zusammen mit den zahlreichen Piercings an Nase und Ohren ein eher punkerhaftes Äußeres verlieh. Suzie Quang kam mit der Pilotin bestens zurecht – und sie waren im Laufe der gemeinsamen Jahre an Bord der VIANA beste Freundinnen geworden.

Neben Caren hockte Seymour T., der Bordingenieur des Schiffes. Er war Filipino, knapp achtunddreißig Jahre alt und kein Mann großer Worte. Dafür wusste er mehr durch Taten zu überzeugen. Genau wie Captain Quang schob er bereits seit dem Stapellauf der VIANA Dienst auf dem HTO-Raumer.

Der österreichische Arzt Alexander Berghaus und die Bergungsspezialistin Raven Galway, die ihr irisches Temperament hinter ihrer Arbeitswut versteckte, waren seit gut zwei Jahren im Team. Ihr türkischer Kollege Doguhan Yildirim indes war erst kurz vor Beginn dieses Einsatzes an Bord gekommen. Suzie Quang und die anderen kannten ihn so gut wie gar nicht. Bisher hatte er seine Arbeit recht ordentlich gemacht, doch befürchtete Quang, dass er versuchte, um jeden Preis mit den anderen mitzuhalten oder sie gar auszustechen. Suzie würde ihn im Auge behalten, ehe sich Rivalitäten an Bord der VIANA breit machen konnten.

»Es scheint weg zu sein.« Linnea durchbrach das Schweigen und zog damit die Aufmerksamkeit auf sich. Sie starrte angestrengt auf die Kontrollen der Ortungsanzeigen und überwachte ebenso die Funkfrequenzen.

»Wir müssen definitiv sicher sein, wenn wir den nächsten Sprung wagen wollen«, gab Caren tenMay zu bedenken. »Das ist hier schließlich keine Butterfahrt.«

Für die Schlussbemerkung erntete sie einen giftigen Blick des Bordarztes, der bisher keinen Hehl daraus gemacht hatte, dass er Gefallen an der Schwedin gefunden hatte. Wo er nur konnte verteidigte er die Frau, doch diesmal enthielt er sich einer Bemerkung.

»Sie sind weg«, bestätigte Linnéa, atmete dabei hörbar auf und schwang in ihrem Kontursessel herum.

»Gut«, sagte Suzie Quang nickend. »Dann wieder alle auf ihre Posten. Mr. Townsend, Sie geben mir Bescheid, wenn Sie die nächsten Sprungkoordinaten errechnet haben. Seymour …«

»Ich weiß schon«, unterbrach der Filipino sie mit einem Grinsen. »Ich melde mich bei dir, wenn das Borul-Triebwerk für die nächste Transition bereit ist.«

Seymour und Caren waren die Einzigen an Bord, die nicht nur untereinander, sondern auch dem Captain gegenüber eine vertraute Anrede benutzten. Dafür kannten sie Quang lange genug.

»Du hast es erfasst. Ich bin inzwischen in meinem Quartier.«

Suzie drehte sich auf dem Absatz um und verließ die Zentrale. Beiläufig registrierte sie, dass auch die anderen wieder an ihre Stationen gingen. Während Seymour, tenMay, Townsend und Skarsgard im Leitstand blieben, suchte Berghaus sein *Revier* in der Krankenstation auf. Galway und Yildirim waren für Reparaturdienste eingeteilt und ließen sich vom Antigrav-Lift in den Maschinenraum der VIANA tragen.

In ihrer Kabine ließ sich Susann Quang in den Sessel vor ihrem Schreibtisch fallen und atmete tief durch. Sie wusste, dass ihr Auftrag nicht leicht sein würde und rechnete mit Schwierigkeiten. Doch sie hatte nicht geglaubt, so früh auf etwaige Verfolger zu treffen. Die Tatsache, dass sie das fremde Schiff abgehängt hatten, beruhigte sie nicht im Mindesten.

Müde fuhr sie sich durch das Gesicht und lehnte sich im Sessel zurück. Ihre Finger strichen über die Tastatur vor ihr auf dem Tisch und aktivierten die letzte Transmission: eine Depesche der HTO-Organisation, vom Chef persönlich unterzeichnet. Sie enthielt Anweisungen, wie sich die Besatzung von Kreuzer HTO-878 im Ernstfall zu verhalten hatte. *Ernstfall* bedeutete in diesem Zusammenhang die ausweglose Situation eines Vernichtungsangriffs oder einer Enterung ihres Schiffes. Der Depesche vorangegangen war eine Funkübertragung, an die sich Suzie nur zu genau zurück erinnerte. Sie waren im Luna-Orbit gewesen und hatten die Ladung ihres letzten Auftrags gelöscht, als Peet Orell persönlich mit Quang Kontakt aufnahm.

Vor ihrem geistigen Auge spielte sich das Gespräch noch einmal ab …

»Guten Morgen, Captain Quang.«

Suzie versteifte sich, als das Gesicht Peet Orells auf dem Sichtschirm erschien. Sie hatte zwar mit einem Anruf vom Großen Sklavensee gerechnet, nicht aber damit, mit dem Boss der HTO-Corporation persönlich zu reden.

»Guten Morgen, Mr. Orell«, erwiderte sie.

Sie steckte ihre Überraschung so mühelos weg, dass ihr Gegenüber nichts davon bemerkte.

»Was kann ich für Sie tun?«

»Wie läuft's an Bord der VIANA?«

»Gibt es einen bestimmten Grund für diese Frage, Sir?« entgegnete Suzie vorsichtig.

Orells Lippen verzogen sich zu einem amüsierten Lächeln. Er sah ein, dass die Kommandantin der VIANA nicht für Smalltalk zu haben war und sich mehr auf ihre Aufgabe konzentrieren musste. Suzie ahnte nicht, dass Orells Wahl genau aufgrund dieser Tatsache auf sie gefallen war.

»Ich sehe, Ihnen kann man nichts vormachen, Miss Quang«, sagte Peet, immer noch lächelnd. »Kommen wir zu meinem Anliegen. Sie kennen Vivien Raid?«

Diesmal schaffte es Suzie nicht, ihre Überraschung zu verbergen. Sie runzelte die Stirn und antwortete: »*Die* Vivien Raid?«

»Ich wüsste nicht, dass es zwei gibt.«

»Nun … ich bin ihr nie persönlich begegnet, aber ich habe natürlich – wie jeder andere, der für die HTO arbeitet auch – von ihr gehört. Ihre Taten und die der Crews der PROMET I bis III sind schließlich Legende.«

Peet Orell machte eine wegwerfende Handbewegung als höre er diese Worte jeden Tag ein Dutzend Mal.

»Vor genau zwanzig Tagen setzte sich Vivien mit mir in Verbindung. Sie war nach Algor verschlagen … oder besser *entführt* worden.«

»Zu den K'inga?« fragte Suzie, die sehr wohl wusste, zu welchem Territorium das Algor- und seine Nachbarsysteme gehörten.

Orell nickte. »Die näheren Umstände entnehmen Sie bitte der Datendepesche, die ich Ihnen zusammen mit dieser Übertragung sende.«

Suzie beugte sich vor und splittete durch eine Einstellung das Bild auf dem Schirm in zwei Hälften. Während auf der einen noch immer das Gesicht Orells zu sehen war, liefen Datenmengen über die andere Hälfte. Suzie Quangs Augen überflogen den Text. Bei einem Wort hielt sie inne und zog die Brauen zusammen.

»Xentrox-Antrieb?«

»Ich wusste, dass Sie darüber stolpern würden.«

»Nie gehört. Was ist das?«

»Die K'inga haben eine gänzlich andere Art der Fortbewegung im interstellaren Raum. Nach Vivien Raids Bericht scheinen sie nicht von Transitionspunkt zu Transitionspunkt zu *springen*, sondern ihre Schiffe auf mehrfache Lichtgeschwindigkeit zu beschleunigen und ihr Ziel im linearen Flug anzusteuern.«

»Direkt?«

»Direkt«, bestätigte Orell.

»Und das ist dieser Xentrox-Antrieb?«

»Genau das sollen Sie herausfinden, Captain. Wie Sie der Depesche entnehmen werden, entkamen Vivien und einige andere Entführte auf dem Planeten Othan mit einem Beiboot der K'inga, das sie später dort versteckten. Ich möchte, dass Sie mit der VIANA nach Othan aufbrechen und dieses Beiboot bergen. Nicht nur der Antrieb könnte für uns von unschätzbarem Wert sein, sondern auch die anderen technischen Einrichtungen der K'inga.«

»Mit Verlaub, Sir, aber die Mission führt uns direkt in feindliches Territorium. Wenn wir bei dem Versuch, ein fremdes Schiff zu bergen, erwischt werden, haben wir schlechte Karten.«

Peet Orell presste die Lippen aufeinander. »Ich weiß. Aber wir müssen die Aktion als Forschungsmission tarnen. Wenn wir mit einer größeren Flotte von Schiffen in das System einfallen würden, würden wir erst recht die Aufmerksamkeit auf uns ziehen.«

»Da haben Sie allerdings Recht.«

»Danke, dass Sie meine Ansicht teilen, Captain. Falls Ihnen die Mission zu riskant erscheint, kann ich natürlich auch in Erwägung ziehen, ein anderes Schiff …«

»Nein«, fuhr Suzie ihm ins Wort und beeilte sich, ein Lächeln anzufügen, um ihrem Einspruch die Schärfe zu nehmen. »Die VIANA wird *selbstverständlich* Ihren Auftrag annehmen.«

»Damit habe ich gerechnet«, erwiderte Peet. »Zu Ihrer Unterstützung erhalten Sie ein weiteres Besatzungsmitglied. Doguhan Yildirim ist Bergungsingenieur und wird eine Bereicherung für Ihre Crew sein, gerade bei diesem Auftrag. Sie haben seine Akte zusammen mit der Datendepesche erhalten.«

»In Ordnung.«

»Viel Glück, Captain Quang.«

Orells Gesicht verschwand vom Schirm.

Als die Übertragung beendet war, entgleisten Suzies Gesichtszüge. Eine Undercover-Mission war alles andere als erquickend. Sie hatten in den letzten Wochen lediglich Bodenproben neuentdeckter Himmelskörper gesammelt und Sternenanomalien beobachtet und kartographiert. Suzie wusste nicht, ob ihre Crew bereit war, in die Höhle des Löwen vorzustoßen.

Sicher wird alles glatt gehen, versuchte sie sich einzureden. Dennoch blieb ein mulmiges Gefühl in der Magengegend zurück.

Shalyn Shan begab sich zum Wohndeck der PROMET IV. Insgesamt zehn Kabinen gab es hier, dazu einen Aufenthaltsraum samt Autoküche, ein Fitnessstudio und einen Freizeitraum mit Virtual Reality-Systemen, mit denen man sich vortrefflich die Zeit vertreiben konnte.

Shalyn traf Jörn Callaghan im Aufenthaltsraum. Callaghan war ein Studienfreund des HTO-Chefs Peet Orell und nach wie vor in wichtiger Position für dessen HTO-Corporation tätig. Das dunkelbraune, halblange Haar kontrastierte zu den eisgrauen Augen. Er hatte glatte Augenbrauen, die er jetzt etwas in die Höhe zog, als er Shalyn bemerkte. Auf dem Tisch, an dem er zusammen mit Professor Lukas Hagen, dem Robotik- und Astrospezialisten der PROMET saß, stand ein von der Autoküche gebrauter Espresso, daneben lag Callaghans Pfeifenraucher-Besteck.

Lukas Hagen verstummte, als Shalyn sich näherte. Noch zuvor hatte es den Anschein gehabt, als wäre der Redefluss des übergewichtigen Wissenschaftlers nicht zu stoppen. Jetzt starrte er Shalyn an. Sein Doppelkinn trat hervor. Das aschblonde, schüttere Haar klebte ihm am Kopf. Wie üblich schwitzte er erbärmlich. In der Linken hielt er eine Tüte Chips. Ein paar davon waren auf dem ansonsten klinisch reinen Fußboden gelandet, was ihn nicht weiter zu kümmern schien.

Shalyn registrierte als Empathin ein deutliches Gefühl der Verwirrung bei Hagen. Normalerweise belästigte er sie bei jeder passenden oder unpassenden Gelegenheit mit seinen Avancen; was im übrigen keine besondere Auszeichnung darstellte. So verhielt er sich fast allen Frauen gegenüber. Aber in Anbetracht von Jörn Callaghans Anwesenheit verzichtete er darauf.

Sein Gesicht verzog sich zu einem etwas gezwungenen Lächeln, das sein Doppelkinn noch mehr in Erscheinung brachte.

»Gehe ich fehl in der Annahme, dass du nicht meinetwegen hier bist, Shalyn?« frotzelte er. »Schließlich gibt es zur Zeit ja keinerlei Planeten zu erforschen, Sonden loszuschicken und dergleichen mehr ...«

Shalyn bedachte ihn mit einem kurzen Blick.

»Was macht dich so sicher, Prof?«

»Meine besondere Fähigkeit zu logischem Denken.«

»Ich verstehe ...«

Jörn Callaghan, 43 Jahre alt und 1,76 Meter groß, erhob sich derweil, trat auf seine Frau zu und nahm sie in die Arme. »Ein hartes Los, Gast auf dem Schiff zu sein, auf dem die eigene Frau Kommandantin ist ...«

»Warum?« fragte sie erstaunt.

Jörn lächelte. »Wenn du zum Beispiel den Job unseres Professors hättest, hätten wir deutlich mehr Zeit füreinander ...«

»In den nächsten anderthalb Stunden wird uns voraussichtlich niemand stören«, meinte sie.

»Du bist und bleibst eine Optimistin«, erwiderte Jörn.

Unterdessen erhob sich Hagen. Seine Fähigkeit zu logischem Denken war gewiss etwas stärker ausgeprägt als seine emotionale Intelligenz und so hatte er erst mit Verzögerung gemerkt, dass er im Moment schlicht und ergreifend störte.

»Dann werde ich mich mal vom Acker machen«, ächzte Hagen schließlich und griff wieder einmal in die Chipstüte, wobei ihm wieder ein gewisser Prozentsatz zu Boden rieselte. »Vielleicht werde ich unserer geschätzten Bordärztin mal einen Besuch abstatten«, meinte er.

Vanessa Modesta, die Bordärztin der PROMET, hatte unter Hagens Avancen genauso zu leiden wie die Kommandantin. Shalyn seufzte, als der Prof den Raum verlassen hatte.

»Setz dich«, sagte Jörn.

Die Moranerin zögerte. Sie wandte den Kopf, horchte. »Was ist das für ein Geräusch?« fragte sie.

Ein Grinsen flog über Jörns Gesicht.

»Sir Klakkarakk«, erläuterte er dann. »Er sitzt in seiner Kabine und lässt seine Heldenlieder ertönen … und diese tiefen Frequenzen sind das, was davon durch die Wanddämmung noch übrigbleibt …«

Sir Klakkarakk stammte vom Planeten Quog. Er ähnelte einer mehr als zwei Meter großen Heuschrecke mit rötlich-goldenem Chitinpanzer. Wenn er sein unteres Beinpaar an seinem Unterleib rieb, erzeugte er damit eine düstere, synthesizerartige Musik, zu der er Texte aus dem reichhaltigen Repertoire quogorischer Mythologie zu singen pflegte. Sein Problem war, dass es an Bord der PROMET IV kein geneigtes Publikum dafür gab.

»Das ist ja furchtbar!« stieß Shalyn hervor. »Bislang war mir noch nicht aufgefallen, dass die Lieder unseres quogorischen Ritters *dermaßen* durchdringend sind …«

»Tja, in der Zentrale bekommt man eben doch nicht alles mit.«

»Zum Glück, kann ich in dieser Beziehung nur sagen!«

»Ich habe Vanessa gefragt. Auch die im Infraschall liegenden Frequenzen des Quogoren sind nicht gesundheitsschädlich!«

»Na, das ist ja tröstlich.«

»Ich hoffe, das gilt auch für moranisches Nervengewebe!«

Shalyn machte eine wegwerfende Handbewegung. »Das ist in letzter Zeit durch ganz andere Dinge strapaziert worden …«

»Ja, es ist viel passiert«, gestand Jörn zu. Shalyn setzte sich. »Einen Kaffee?«

»Nein, danke, lieber etwas Erfrischendes.«

Jörn programmierte die Autoküche und stellte ihr wenig später einen Drink auf den Tisch. Shalyn nahm einen Schluck. Ihre Gedanken gingen zurück zu den Ereignissen der letzten Zeit, die im Rückblick wie ein unwirklicher, schneller Albtraum auf sie wirkten. Aber letztendlich war die PROMET IV-Crew zusammen mit der Mannschaft der JOLLY ROGER erfolgreich gewesen. Der Aufstand im Algor-System war verhindert und Pytter Radex, der gefürchtete Sternenkaiser des K'inga-Imperiums abgesetzt worden. Ryon Carsif, der rechtmäßige Thronfolger, hatte seinen Platz eingenommen und es war zu hoffen, dass sich die Lage im Algor-System jetzt wieder normalisierte.

An Bord der PROMET IV befand sich auch David Brodie, den der Usurpator Radex als Thronfolger einsetzen wollte. Zusammen mit seinen Geschwistern Marvin Thorwald und Haydee Gardner, die wie Brodie selbst von der Erde entführt worden waren, wollten sie nun dorthin zurückkehren. Thorvald und Gardner wollten als Botschafter für die K'inga arbeiten. Die Drei befanden sich zur Zeit an Bord der JOLLY ROGER.

An Bord des Frachters befand sich auch Luza Pallagon, die Besitzerin der TANNHÄUSER. Auch ihretwegen war die Station das nächste Ziel der beiden Raumschiffe. Luza bestand nämlich darauf, für alle eine Abschiedsparty zu geben.

»Gibt es schon etwas Neues, was Tim Axelrod angeht?« erkundigte sich Shalyn.

Jörn schüttelte den Kopf.

»Axelrods Flug von Trax II zur TANNHÄUSER, und ins Algor-System, wo er auf uns stieß, war von der Space-Police nicht gedeckt, das weißt du …«

»Wollte Peet Orell nicht ein gutes Wort für ihn einlegen? Schließlich hat er uns sehr geholfen.«

»Es ist die Frage, ob *ein gutes Wort* da ausreicht«, blieb Jörn Callaghan ziemlich skeptisch.

»Meinst du, die schmeißen ihn aus dem Dienst der Space-Police?«

»Wäre schon möglich. Mit Konsequenzen muss er jedenfalls rechnen, so wie ich die Situation einschätze.«

Jörn Callaghan trank seinen Espresso aus. Die dunklen Brummgeräusche, die von Sir Klakkarakk verursacht wurden, schwollen noch etwas an.

»Ich glaube, da ist die Befehlsgewalt der Kommandantin gefragt«, lachte Jörn.

Shalyn nickte. »Sir Klakkarakk soll seine im weiteren Sinn des Wortes *musikalische Betätigung* nur soweit ausüben, als die Schallabdämpfung der PROMET-Kabinen das zulässt!«

»Er wird sicher Verständnis dafür haben«, meinte Jörn.

Shalyn hob die Augenbrauen. »Da bin ich nicht so sicher …«

2.

Das tropfenförmige Raumschiff fiel aus dem Parakon und aktivierte fast übergangslos die fünf DeGorm-Triebwerke, die es im schnellen Unterlichtflug in das fremde Sonnensystem geleiteten. Massetaster, Sensoren und Funkpeilgeräte arbeiteten mit Höchstleistungen, um einen groben Überblick über den Ankunftsort zu erhalten.

In der Zentrale der VIANA herrschte eine angespannte Atmosphäre. Caren tenMay reduzierte schrittweise die Geschwindigkeit und ließ den Raumer bald nur noch mit einem Viertel der Lichtgeschwindigkeit durch das für sie unbekannte System treiben. Sie wartete auf Daten der Navigation und der Funkstation. Hin und wieder warf sie den Kollegen einen ungeduldigen Blick zu, doch diese ließen sich nicht beirren.

Mr. Townsend überflog immer wieder die Skalen und schematischen Darstellungen auf seinen Monitoren und führte komplizierte Berechnungen durch. Mehrmals fluchte er leise in sich hinein, löschte die Darstellungen auf den Schirmen und begann von vorn.

Der Bordingenieur Seymor T., der auf einem militärischen Schiff den Rang des Ersten Offiziers eingenommen hätte, behielt die Ortungsgeräte im Auge und versuchte Massenveränderungen, die eventuell durch andere Raumschiffe verursacht werden konnten, aufzuspüren.

Suzie Quang beobachtete ihre Mannschaft und ließ sich die Ergebnisse der Scans und Abtastungen auf ihr Kommandopult überspielen. Schließlich aktivierte sie mit einem Zuruf die Aufnahmefunktion.

»Logbuch des Captains, 14. Juli 2108. Die letzte Transition brachte die VIANA direkt in das Schejol-System. Unsere Instrumente haben keinerlei Anzeichen von fremder Präsenz aufgespürt. Es gibt keine messbaren Strukturerschütterungen oder Funksignale. Neben dem Zielplaneten umkreisen sechs weitere Himmelskörper den weißen Zwerg. Wir bezeichnen sie der Reihenfolge nach zur Nähe ihrer Sonne mit Schejol I bis IV, VI und VII. Für Schejol V wurde bereits der Eigenname Othan vergeben. Wir nähern uns Othan und setzen unsere Scans fort, ehe wir mit der Landung beginnen. Quang Ende.«

»Scheint, als hätten wir Glück«, kommentierte Mr. Townsend.

»Loben wir nicht den Tag vor dem Abend«, erwiderte Suzie. »Haben Sie einen sicheren Kurs, der uns nach Othan führt?«

»Ist in der Bordtronik eingegeben.«

»Caren«, sagte die Kommandantin. »Mit 0,5 Licht zum Zielpunkt, danach Einschwenken in einen Standardorbit. Der Rest behält die Orter im Auge!«

»Aye, aye.«

Carens Enthusiasmus hing förmlich in der Luft. Für einen Piloten gab es kaum etwas Langweiligeres, als eine Transition durchzuführen. Ein Schiff eigenhändig anhand der Navigationsdaten zu fliegen, erforderte da mehr technisches Geschick. Caren tenMay zwinkerte Mr. Townsend zu und legte mit wenigen Tastendrucken die von ihm errechneten Nav-Koordinaten auf ihr Pult.

Die DeGorm-Triebwerke zündeten erneut und brachten die VIANA auf halbe Lichtgeschwindigkeit. Eine knappe halbe Stunde später prangte der Zielplanet auf den Sichtschirmen in der Zentrale. Während der HTO-Kreuzer in einen Orbit einschwenkte, erfasste die Crew die ersten Eindrücke Othans. Aus dem Raum betrachtet wirkte der Planet wie eine graubraune Kugel – trostlos und bedrückend für eine Sauerstoffwelt.

Aus der Depesche Orells wusste Suzie Quang, dass die Welt im Sterben lag. Der weiße Zwerg Schejol spendete nicht mehr genügend Energie, um Othan mit ausreichend Wärme zu versorgen. Der Planet durchlebte eine letzte Phase der Eiszeit, in der sich die Bewohner zwar anzupassen versuchten, doch spätestens dann versagen würden, wenn Schejols Licht verblasste.

»Beginnen mit der zweiten Umkreisung«, verkündete Caren tenMay nach einer Weile.

»Skarsgard?«

Die junge Schwedin schüttelte den Kopf. »Bisher keine Anzeichen fremder Präsenzen entdeckt. Es gibt schwache Restbestände von Funkwellen und Gravitationsverschiebungen, sowie Triebwerksemissionen. Sie konzentrieren sich auf die nördliche Hemisphäre und den mittleren Bereich des Planeten.«

»Deuten die Spuren auf die Anwesenheit anderer Schiffe hin?« fragte Suzie.

»Negativ. Sie sind nur noch minimal messbar. Ionisierte Gase und Funechos, die sich in der Atmosphäre Othans verteilt haben.«

Suzie Quang atmete innerlich auf. Das konnten nur die Aktivitäten der K'inga und Tobes vor ein paar Wochen sein. Und natürlich die Rettungsmission der JOLLY ROGER.

»Fluchtkurs ist berechnet«, teilte Mr. Townsend mit. »Solange wir uns im Orbit befinden, können wir jederzeit eine Kurztransition durchführen.«

Suzie betrachtete das Graubraun auf dem Bildschirm. Othan zeigte sich ihnen von seiner ungemütlichsten Seite. Sicher waren sie schon auf trostloseren Felsbrocken gelandet, doch die meisten von ihnen hatten noch nie Leben beherbergt. Zu wissen, dass es auf Othan einmal eine hochtechnisierte Kultur gegeben hatte und dass deren degenerierte Nachfahren dazu verdammt waren, ihrem Untergang entgegen zu sehen, deprimierte die Kommandantin ein wenig.

Auch die dritte Umkreisung des Planeten offenbarte keine neuen Erkenntnisse. Sowohl der nahe Raum um den fünften Planeten, als auch seine Oberfläche waren sauber. Nichts deutete auf die Anwesenheit raumfahrender Besucher hin.

Suzie Quang atmete erleichtert auf. Sie hatte befürchtet, dass die K'inga nach den Vorfällen um Kapitän Karran und seiner TORRG eine Expedition nach Othan entsenden würden, zumal sie den Planeten früher schon grob kartographiert hatten.

»Unser Glück, wie?« grinste Mr. Townsend, als habe er die Gedanken der Kommandantin gelesen.

»Wir sollten nichts übereilen«, erwiderte Quang.

»Kommen Sie, die K'inga sind längst weg und dürften nicht das geringste Interesse an diesem Ödklumpen haben. Auf Othan gibt es nichts zu holen.«

»Was noch nicht erwiesen ist«, mischte sich Linnéa Skarsgard ein. Die Schwedin schwang in ihrem Sessel herum und setzte eine ernste Miene auf, die sogar Mr. Townsend das Grinsen aus dem Gesicht trieb. »Wir haben bisher keine Tiefenscans duchführen können. Möglicherweise gibt es auf Othan Bodenschätze und Rohstoffe von denen weder wir noch die K'inga bisher etwas ahnen.«

Suzie seufzte. Caren tenMay rollte genervt die Augen und Seymour T. schüttelte den Kopf. Die »alten Hasen« an Bord der VIANA zogen es vor, sich an ihren Auftrag zu halten, statt auf eigene Faust den Planeten zu erkunden. Zwar hatten die K'inga bisher nicht den Versuch unternommen, Othan oder das Schejol-System in ihr Reich der Zwölf Monde zu annektieren, doch von hier aus war es nur ein Katzensprung bis Algor.

Je eher wir von hier wieder verschwinden, desto besser für uns alle, dachte Suzie Quang bei sich. Nach den Berichten Vivien Raids verspürte sie nicht die geringste Lust, mit den K'inga Bekanntschaft zu machen.

»Wir landen!« entschied die Kommandantin und nickte Caren zu.

Die Pilotin beugte sich über ihre Armaturen und leitete das entsprechende Manöver ein. Der Depesche Peet Orells waren leider nur die ungefähren Koordinaten des Landepunktes zu entnehmen. Offenbar hatte Vivien Raid im Eifer der Bruchlandung nicht ihre Position bestimmen können.

Die VIANA tauchte im flachen Winkel in die Atmosphäre Othans ein. Ihre DeGorm-Triebwerke verstummten. Dafür fuhren am Rumpf sechs Düsentriebwerke aus, die für einen reibungslosen Flug durch die Luftströmungen sorgten. Auf den Schirmen in der Zentrale teilten sich die grauen Nebelschlcier und gaben den Blick auf Othans Boden frei. Das spärliche Braun, das aus dem Orbit zu sehen war, entpuppte sich als Ausläufer einzelner Gipfel, die sich aus einem hellen Weiß abhoben. Der Rest der Oberfläche war entweder von Schnee bedeckt oder bestand aus zum großen Teil zugefrorenen Meeren, Seen und Flüssen.

»Othan, ein Wintermärchen«, kommentierte Mr. Townsend. Die anderen hatten sich längst an seine Art, zu allem und jedem seinen Senf dazugeben zu müssen, gewöhnt.

»Sie können ja im Laderaum nachschauen, ob Sie noch ein rotes Kostüm finden«, spottete Caren tenMay, während sie das Schiff abbremste.

»Mit der VIANA als Rentierschlitten?«

»Ein N-Klasse-Boot dürfte für Sie wohl genügen. Ohne Rentiere natürlich.«

Mr. Townsends Kinnlade klappte herunter. Er schnappte nach Luft und schien etwas erwidern zu wollen. Doch die Stimme versagte ihm den Dienst. Wenn etwas seinen enthusiastischen Redeschwall stoppen konnte, dann war es eine der gefürchteten, bissigen Bemerkungen Carens.

»Ich denke, wir können den Skiurlaub von der Liste geplanter Aktivitäten streichen«, sagte Suzie Quang. »Konzentrieren wir uns auf das Wesentliche. Schon einen geeigneten Landeplatz ausgemacht, Caren?«

Die Pilotin deutete auf den Hauptsichtschirm und vergrößerte die aktuelle Aufnahme. »Etwa zehn Kilometer von hier gibt es eine flache Ebene. Die Bodenstruktur lässt auf einen festen Untergrund schließen. Wir dürften nicht allzu tief einsacken.«

»Anzeichen von Einheimischen?«

»Vereinzelt Tiere«, teilte Seymour T. mit. Der Bordingenieur hielt die Displays der Bodenscanner im Auge. »Keine Spuren der Othaniden oder der Krötenwesen, die in Miss Raids Bericht erwähnt werden.«

Scheint besser zu laufen, als ich angenommen hatte, sagte sich Suzie im Stillen. Jetzt mussten sie nur noch das Beiboot und das Wrack der TORRG finden, retten, was zu retten war und schleunigst wieder von hier verschwinden.

Hit and run lautete die Devise, nach der Suzie und ihre bewährte Mannschaft schon so manche Aufträge gemeistert hatten. Zuschlagen und wieder abtauchen, ehe überhaupt jemand mitbekommt, dass sie da waren.

Knappe fünf Minuten später schwebte das Schiff über der von Caren benannten Stelle. Summend fuhren die Teleskoplandestützen aus – achtunddreißig an der Zahl! Sie waren in der Lage, Unebenheiten bis zu drei Metern auszugleichen und sorgten für ein sicheres Aufsetzen des tonnenschweren Schiffsleibes. Nachdem sich die Landestelzen in den Schnee gegraben hatten, gab dieser Stellenweise beträchtlich nach, doch dann trafen sie tatsächlich auf festen Grund.

Caren ließ die Triebwerke laufen und beobachtete die Anzeigen und die holografische Darstellung eines künstlichen Horizonts. Der Boden unter ihnen bestand hauptsächlich aus Lehm und Gestein. Aufgrund der Kälte war alles weitgehend gefroren und bot einen sicheren Halt.

»Ladys and Gentlemen, bitte bleiben Sie angeschnallt, bis die Maschine Ihre endgültige Warteposition erreicht hat«, scherzte Caren. Die Triebwerke liefen aus und verstummten schließlich ganz.

»Immer noch keine Anzeichen auf den Ortern?« erkundigte sich Suzie an Linnéa gewandt.

Die hübsche Schwedin schüttelte den Kopf. »Sieht alles sauber aus.«

»In Ordnung«, befahl die Kommandantin und aktivierte Interkom mit einem Zuruf. »Galway und Yildirim zum Hangar. Bringen Sie Ihre Bergungsausrüstung mit.«

Die beiden Angesprochenen bestätigten über Interkom. Suzie deutete mit dem Kinn in Carens Richtung.

»Du wirst uns begleiten.«

»Uns?« horchte Seymour T. erstaunt auf. »Du willst mit rausgehen?«

Ein Grinsen huschte über Suzies Lippen.

»Ich darf dich daran erinnern, dass der Kommandant eines Schiffes sich nicht unnötig in Gefahr begeben darf?«

Suzie erhob sich aus ihrem Sessel, wartete bis Caren die Antriebssysteme vollständig herunter gefahren hatte und begab sich dann trotz Seymours Protest zum Schott.

»Suzie?«

Sie drehte sich um, noch immer grinsend. »Hier gelten nicht die Regeln der Space-Police.«

»Wäre es dennoch nicht klüger …?«

»Vorrecht des Captains, mein Lieber. Du übernimmst in meiner Abwesenheit das Kommando über die VIANA.«

Seymour zuckte die Schultern und ließ sich im Kommandosessel nieder. »Aye, aye, Ma'am.«

»Die hat es faustdick hinter den Ohren, was?« sagte Mr. Townsend, als sich das Schott hinter Suzie und Caren geschlossen hatte. »Ich frage mich, ob sie auch singen kann …«

Seymour zog eine Braue hoch und sah den anderen fragend an.

»Nun«, meinte Mr. Townsend Zungen schnalzend, »in der HTO-Akademie hat sie den Spitznamen *Suzie Q* bekommen.«

»Das dürfte ein alter Hut sein«, meldete sich Linnéa zu Wort.

»Na und?« Townsend begann zu singen; das Lied war einhundertfünfzig Jahre alt. »Oh, Suzie Q, oh, Suzie Q … the way you walk … the way you talk … Suzie Q …«

Die Schwedin schüttelte kaum merklich den Kopf und wandte sich wieder ihren Instrumenten zu. Eine Diskussion mit Townsend zu beginnen konnte nur in einem Fiasko enden, aus dem meist der Australier als Sieger hervor ging.

»Also ich würde mich nicht so in die Schranken weisen lassen«, fuhr Townsend fort.

Seymour seufzte, bedeutete dem anderen mit einer Geste, still zu sein und forderte Linnéa mit stummem Blick auf, eine Verbindung zur Kommandantin herzustellen.

»Sollen wir eine Kommunikationsboje in den Orbit schießen?«

»Negativ«, antwortete Suzie über Funk. »Wir riskieren damit nur, unsere Anwesenheit zu verraten, falls sich doch einmal K'inga ins System verirren sollten.«

Seymour schluckte hart. Die Boje hätte ihnen eine wesentlich größere Kommunikationsreichweite verschafft. Über die gelandete VIANA zum Beiboot konnten sie die Verbindung nicht so gut aufrecht erhalten. Falls Quang sich zu weit entfernte, gab es keine Möglichkeit mehr, mit ihr Kontakt aufzunehmen. Seymour war alles andere als glücklich über die Entscheidung Quangs, aber er fügte sich.

Im großen Panoramafenster in der Zentrale der JOLLY ROGER war die PROMET als großer, bläulich schimmernder Tropfen zu sehen.

»Alle Probleme im Griff«, versicherte Helmut M'Banga, der inzwischen auf Autopilot geschaltet hatte. Er drehte sich herum, wandte sich grinsend an Arn Borul. »Wäre ja verwunderlich, wenn wir das nicht hinkriegen, wo wir doch den Chefkonstrukteur der HTO-Corporation persönlich an Bord haben.«

Der Moraner lächelte.

Wie alle Angehörigen seines Volkes hatte er leicht schräg stehende, schockgrüne Augen. Vivien Raid und Luza Pallagon, die Besitzerin der TANNHÄUSER, standen in seiner Nähe.

»Ich bin gespannt, was sich während meiner Abwesenheit auf der TANNHÄUSER ereignet hat«, sagte sie und verschränkte die Arme vor der Brust. »Wahrscheinlich ist es so wie immer … Wenn die Katze nicht zu Hause ist, tanzen die Mäuse auf dem Tisch.«

Im Kunstlicht, das in der Zentrale der JOLLY ROGER herrschte, waren die sehr feinen Schuppen zu sehen, welche die Haut der K'inga-Frau bedeckten. Man musste allerdings besonders darauf achten. Diese geschuppte Haut war das einzige äußere Unterscheidungsmerkmal zwischen K'inga und Menschen, die sich ansonsten zum Verwechseln ähnelten.

»Ich glaube nicht, dass du dir Sorgen zu machen brauchst«, äußerte sich Vivien zuversichtlich. Sie wusste, dass Luza Zuspruch nötig hatte. Im Zuge der jüngsten Ereignisse im Algor-System war Elhoa, die gemeinsame Tochter von Luza Pallagon und dem Usurpator Pytter Radex, ums Leben gekommen. Ein harter Schlag für die K'inga-Frau, auch wenn sie nach Kräften versuchte, sich davon nicht allzu viel anmerken zu lassen.

Aber dieser Verlust beschäftigte sie doch.

Gedämpft wurde ihre Trauer durch die Erkenntnis, dass Elhoa nur an sich selbst gedacht hatte – und das mit einer so beispiellosen Skrupellosigkeit, dass selbst der gewieften Geschäftsfrau Luza davor schauderte. *Auf gewisse Weise war sie schon lange nicht mehr meine Tochter!* dachte Pallagon.

»Ihr werdet euch doch alle für meine Abschiedsparty Zeit nehmen, oder?« vergewisserte sie sich. Weder Arn Borul noch Vivien Raid hatten sich in dieser Beziehung bislang festgelegt.

Schließlich waren sie beide viel beschäftigte Spezialisten in den Diensten der HTO, deren Anwesenheit eigentlich an anderer Stelle dringend vonnöten war.

Vivien Raid, die Leiterin des HTO-Instituts für interstellare Forschungen und damit zuständig für den Einsatz der konzerneigenen Prospektorenschiffe, wechselte einen kurzen Blick mit Arn Borul, dem Chef der Asteroidenwerft und Chef-Raumschiffkonstrukteur der HTO und nickte dann.

»Natürlich, Luza.«

»Das freut mich. Schließlich haben wir alle zusammen eine Menge durchgemacht.«

»Ja, das kann man wohl sagen.«

Ganz besonders galt das natürlich für Marvin Thorwald, Haydee Gardner und David Brodie, die drei kaiserlichen Halbgeschwister des k'inganischen Prinzen Tarsif, die auf der Erde aufgewachsen und später von dem k'inganischen Raumkapitän Yax Karran entführt worden waren.

Verständlicherweise wollten sie zurück nach Terra. Auf Algor war kein Platz für sie. Für jeden neuen Herrscher wäre allein ihre Anwesenheit eine ständige Bedrohung gewesen. Schließlich war jeder von ihnen ein potentieller Thronfolger.

Luza seufzte hörbar.

»Ich hoffe, dass das k'inganische Reich nun eine ruhigere, positivere Phase seiner Entwicklung erlebt.«

»Unter Ryon Carsif sind dafür die Voraussetzungen so gut wie schon seit langer Zeit nicht mehr«, war Arn Borul überzeugt. Der Moraner hob dabei die Augenbrauen. »Ich hoffe, dass Terra und die HTO-Corporation ihren Teil dazu beitragen …«

Inzwischen meldete die Stimme des Bordrechners, dass die nächste – und auf dieser Reise letzte – Transition vorbereitet wurde.

»Sämtliche Systeme arbeiten einwandfrei«, meldete Helmut.

»Wäre gut, wenn wir uns in Anwesenheit wichtiger HTO-Leute nicht wieder blamieren«, sagte Barbie Delaney, die Eignerin der JOLLY ROGER. »Sonst wird es nachher doch nichts mit dem versprochenen HTO-Auftrag …«

»Bis jetzt fühle ich mich an Bord eures Schiffes ganz sicher!« versicherte Arn Borul, der schon vor Jahren die Stelle des unvergessenen Mark Bolden eingenommen hatte.

»Na, das ist ja immerhin etwas«, murmelte Barbie.

»Transitionscountdown eingeleitet«, meldete Helmut M'Banga. »Bei Zeitpunkt Transition Minus fünf Minuten wird der Bordrechner auf manuelle Steuerung umschalten!«

Die Landschaft huschte rasend schnell unter dem Beiboot hinweg. Schneebedeckte Berge und Felsformationen, weiße Täler und dichte Wälder formten das Landschaftsbild Othans.

Hin und wieder tauchte ein kleines, zugefrorenes Gewässer auf. Vereinzelt flogen Vögel unbekannter Art durch die Luft und dann und wann registrierten die Sensoren Bewegungen unten zwischen den Bäumen.

»Sieht ungemütlich aus«, kommentierte Caren tenMay, die am Steuer des Bootes der N-Klasse saß. Der kleine Räumer war auf den Namen WEKAGE getauft worden, dem moranischen Wort für *besonders wertvolle Neuerungen*. Gemäß der Standardspezifikationen der HTO besaß es eine Länge von knapp zwölf Metern und einen Durchmesser von zwei Meter neunzig. Es war mit einem DeGorm-Turbotriebwerk ausgestattet, das schnelle Sublichtgeschwindigkeiten erlaubte. Daneben besaß es einen Gravopuls-Antrieb, der im Atmosphärenflug zum Einsatz kam.

Die WEKAGE konnte vier Personen und eine Nutzlast von maximal zwei Tonnen aufnehmen. Im Frachtraum befanden sich die Bergungsinstrumente der beiden Spezialisten Galway und Yildirim.

Wenn sie das Beiboot der TORGG fanden, mussten sie ohnehin auf die Staumöglichkeiten der VIANA zurück greifen, um den Antrieb zu bergen. Die WEKAGE war für eine Suche nach der sprichwörtlichen Nadel im Heuhaufen besser geeignet als ihr großes Mutterschiff.

Caren tenMay bremste das Boot immer wieder ab und reduzierte seine Flughöhe, so weit es die Flora und Bodenbeschaffenheit Othans zuließ. Seit einiger Zeit hatten sie die ungefähren Koordinaten, die Vivien Raid an Peet Orell gefunkt hatte, erreicht, jedoch keine Spur von dem K'inganischen Beiboot gefunden.

»In dem weißen Mist hier draußen werden wir nie was finden«, murrte die holländische Pilotin mit einem Blick auf die 360 Grad-Bildschirme, die anstelle von Fenstern die Sicht nach draußen erlaubten.

»Irgendwo muss das Boot der Torrg sein«, versicherte Suzie. »Vivien Raid hatte nur nicht die genauen Koordinaten. Wir werden es schon finden.«

»Ohne elektronische Peilung?« höhnte Caren. »Ich habe schon den Kontrast unserer Bildschirme herunter geschaltet, um nicht schneeblind zu werden. Wenn wir wenigstens einen Anhaltspunkt hätten.«

»Wenn das Boot so leicht zu finden wäre, hätten es die K'inga bereits bei ihrem Rettungsversuch von Yax Karran und seiner Mannschaft entdeckt«, mischte sich Doguhan Yildirim in das Gespräch ein. »Ich denke, Miss Raid hat gute Arbeit geleistet.«

»Was Sie nicht sagen«, murrte Caren und dirigierte die Wekage durch eine enge Schlucht. Auf dem Boden war ein zu Eis erstarrtes Flussbett auszumachen. Links und rechts standen vereinzelt ein paar Bäume.

Sie folgten dem Flussverlauf und gelangten auf eine Lichtung, die direkt in ein gewaltiges Waldgebiet mündete. Caren fuhr den Antrieb herunter und ließ die Wekage knapp zwei Meter über dem schneebedeckten Boden schweben.

»Und jetzt?« fragte die Pilotin und deutete nach vorn auf den dichten Wald.

Suzie Quang stieß hörbar die Luft aus. Sie überflog die eingehenden Sensordaten und schüttelte den Kopf. Der Wald erstreckte sich über die nächsten fünfzig Kilometer. Das war zu weit von den angegebenen Koordinaten. Entweder hatte sich Vivien Raid vollkommen verschätzt, oder sie hatten das Versteck des Beibootes längst überflogen.

»Wir kehren um und suchen die Strecke hinter uns noch einmal ab«, entschied Suzie.

3.

Die nächste Transition brachten die beiden Raumschiffe ohne Komplikationen hinter sich. Die beiden Raumer aus blauschimmerndem M-Stahl materialisierten beinahe gleichzeitig in der Nähe der TANNHÄUSER.

Die TANNHÄUSER hatte die Form eines kurzen Zylinders von 350 Meter Höhe und 200 Meter Durchmesser. Ursprünglich war in diesem Zylinder eine Station des sogenannten Reiches der Mitte untergebracht gewesen, später dann ein Edelbordell, das einen geradezu legendären Ruf besaß, seit Luza Pallagon es von Bella Blasco übernommen hatte.

Die beiden Raumschiffe dockten an verschiedenen Stellen an der Station an.

Luza ging von Bord der JOLLY ROGER, um die Abschiedsparty vorzubereiten. Für die gastronomischen Kapazitäten der TANNHÄUSER wäre es auch kein Problem gewesen, für mehrere hundert Personen eine Party aus dem Boden zu stampfen.

Am Abend des 9. Juli 2108 trafen sie sich dann in einem der großzügig angelegten Gesellschafträume der Station. Durch große Panoramafenster war der Weltraum zu sehen. Das Buffet ließ keine Wünsche offen. Selbst für Sir Klakkarakks exotische Bedürfnisse hatte die Gastgeberin so gut wie möglich zu sorgen versucht.

»Ich hoffe nur, dass er meine Mühe auch zu schätzen weiß«, sagte Luza an Vivien Raid gewandt.

»Schließlich sind in den Datenbanken unserer Autoköche keine original-quogorischen Gerichte vorhanden ...«

Sir Klakkarakk zerkleinerte gerade mit seinen Beißwerkzeugen einige undefinierbare Brocken, an denen sich jeder Humanoide buchstäblich die Zähne ausgebissen hätte – ganz gleich ob Mensch, Moraner oder K'inga.

»Aber es scheint ihm zu schmecken!« meinte Vivien.

Luza hob die Augenbrauen. »Glaubst du?«

»Ich denke, die Mimik von Insektoiden ist eine Wissenschaft für sich!«

»Allerdings!«

Sie waren alle der Einladung Luza Pallagons gefolgt. Die Mannschaft der PROMET war vollzählig erschienen. Shalyn Shan und Jörn Callaghan lauschten einer etwas weitschweifigen Ausführung von Professor Lukas Hagen, der sich am Buffet den Teller so unmäßig vollgeladen hatte, dass ihm schon ein paar in Ölsoße gedünstete madrazanische Krebse heruntergefallen waren. Cyberjohn Five, der über zwei Meter große Cyborg und Bordingenieur der PROMET, stand etwas abseits und hörte zu, wie Anake Takagawa einer interessierten Zuhörerschar über seine Erlebnisse bei den vogelähnlichen Intelligenzen auf dem Planeten Dasgara II berichtete. Der völlig haarlose Cy galt als absolut humorlos und mehr als lakonisch. Seine schwarzen Augen hingen an Anakes Lippen, ohne dessen Ausführungen in irgendeiner Weise zu kommentieren. Auch der Mimik seines kantigen Gesichtes war nicht anzusehen, was er von der sich zu immer erstaunlicheren Höhepunkten zuspitzenden Story des PROMET-Piloten hielt.

Als Jugendlicher war Cy von der Verbrecherorganisation *Damokles* entführt und operativ zu einem Cyborg verändert worden. Unter anderem hatte er dabei auch eine Gehirnwäsche erhalten. Unter der Bordmonitur trug er ein schwarzes, aus fingerdicken Duraplaststrängen bestehendes Exoskelett, das die Stabilität seines Körpers gewährleistete. Es war mit seinem Körper operativ verbunden und verlieh ihm geradezu extreme Körperkräfte. [1]

Patrick O'Healy, wie meistens in eine schrille Ledermontur gekleidet, gesellte sich zu ihm. »Na? Du siehst aus, als würdest du dich über die Cyberbuchsen an deinem Schädel lieber mit dem Bordrechner verbinden und dem Zirpen der Datenströme lauschen, anstatt diesem Gerede hier zuzuhören …« O'Healy nahm einen kräftigen Schluck aus seinem Glas.

Cy wandte den Kopf.

---

[1] siehe Raumschiff PROMET Sternenabenteuer Band 2: *»Cy«*

»Du hast Recht«, sagte er dann. »Ich fühle mich hier wahrscheinlich genauso unwohl wie Sir Klakkarakk.«

»Wieso? Ist mit Klakkarakk etwas nicht in Ordnung?«

»Er hat heute Abend noch kein Heldenlied gesungen, Pat. Darüber sollte man mal nachdenken …«

»Hm …«

Cy ließ ihn stehen, ging zwischen den Feiernden hindurch, unbeeindruckt von der Mischung aus Gerede und Gelächter, die ihm entgegenschlug.

O'Healy zuckte die Schultern.

Ganz in der Nähe standen Arn Borul, Tim Axelrod und Barbie Delaney.

»Es gibt da ein Problem«, erklärte Barbie. »Luza Pallagon war unsere Auftraggeberin, sie hat die JOLLY ROGER gechartert … aber dieser Auftrag endet ja wohl hier …«

»Unser nächstes Ziel ist Dschubba«, sagte Arn Borul. »Einige von uns werden von dort aus eine Passage zur Erde nehmen.« Der Moraner lächelte. »Nehmen Sie den Flug nach Dschubba als ihren ersten Auftrag für die HTO-Corporation!«

Tim Axelrod mischte sich in das Gespräch ein. Er wandte sich an Borul. »Hier auf der TANNHÄUSER befindet sich noch der Spezial-Stichling, mit dem ich unerlaubter Weise von Dschubba aus losgeflogen bin …«

Borul nickte. »Ich schlage vor, dass wir ihn an Bord der PROMET mitnehmen. Sprechen Sie mit Shalyn Shan darüber. Ich denke, dass es da keine Probleme geben wird.«

Axelrod nickte, kippte dann den Inhalt seines Glases hinunter. »Captain Alpert wird wohl alles andere als begeistert sein …«

»Abwarten, Tim. Es wird selten so heiß gegessen wie gekocht wird.«

»Das gilt wohl kaum für Disziplinarverfahren innerhalb der Space-Police …«, war Axelrod da weniger zuversichtlich.

»Wenn du den Stichling zurückbringst, droht dir zumindest keine Schadensersatzforderung, an der du dein Leben lang abzahlst!« mischte sich Barbie ein.

»Ein schwacher Trost«, murmelte Axelrod.

Seit dem Start der WEKAGE hatte sich eisiges Schweigen in der Zentrale der VIANA ausgebreitet. Selbst der sonst so redselige Mr. Townsend hielt den Mund und hing seinen Gedanken hinterher. Zwar ließ sich Seymour T. alle fünfzehn Minuten über Funk von Suzie Quang bestätigen, dass alles in Ordnung und das K'inga-Beiboot noch nicht gefunden worden war, doch die Tatsache, dass die übrige Besatzung zum bloßen Warten verdammt war, trug nicht gerade zur Motivation bei.

»Ich denke, ich mache eine kleine Pause, wenn es gestattet ist«, sagte Mr. Townsend und erhob sich bereits halb aus seinem Kontursessel.

Seymour nickte nur.

Townsend begab sich zuerst zu seinem Quartier und warf sich auf seine Pritsche. Er überlegte kurz, ob er sich ein Nickerchen gönnen sollte, entschied sich jedoch dagegen. Wenn er nur für kurze Zeit schlief, fühlte er sich nach dem Erwachen immer wie gerädert. Er brauchte seinen Sechs-Stunden-Zyklus, wenn er sich erholen wollte. Kurzerhand schwang er die Beine übers Bett und suchte die Messe der VIANA auf.

Trotz seiner mittlerweile fünfundzwanzig Bittschreiben an die Führung der HTO, hatte man sich dort noch immer nicht erweichen lassen, für jeden Raumer der PROMET-Klasse einen Schiffskoch einzustellen.

Townsend schlenderte durch den Raum, zapfte sich eine kühle Limonade aus der Getränkeaufbereitungsanlage und bereitete sich in der Kombüse eine Fertigmahlzeit zu. Pfeifend und mit dem Tablett in den Händen schlenderte er zu dem langen Tisch hinüber und pflanzte sich spaßeshalber auf den Platz, der normalerweise dem Kommandanten vorbehalten war.

»Auf Suzie Q«, grinste er und salutierte mit dem Plastikbecher in der Hand. Danach machte er sich über sein Gericht her – gute alte Kohlrouladen mit einem Gepansche, das als Kartoffelpüree durchgehen sollte. Townsend befand, dass es nicht übel schmeckte. Und nachdem er die ersten Bissen herunter geschlungen hatte, stellte er fest, wie hungrig er eigentlich war. Die Aufregung über ihren Einsatz musste mehr an seinen Kräften gezehrt haben, als er sich selbst zugestehen wollte.

Mit Heißhunger machte er sich über den Teller her und spülte anschließend mit der süßsauren Limonade nach. Gesättigt lehnte er sich zurück und wollte gerade die Arme hinter dem Kopf verschränken, als ein Stechen seine Schultern durchfuhr.

Townsend fluchte. Der Schmerz ließ nicht nach. Im Gegenteil, er wurde sogar stärker. Ein Ziehen breitete sich von der rechten Schulter über seinen Arm bis in die Fingerspitzen aus. Dann jagte eine weitere Schmerzwelle durch sein Brustbein.

Der Navigator schrie auf. In einem Reflex kam er hoch, taumelte und fiel über den Tisch genau in die Essensreste. Sein Schrei hallte langgezogen durch die Messe. Panik ergriff ihn. Seine Gedanken setzten aus. Ein loderndes Zentrum von Schmerzen schien seinen Kopf einzunehmen und ihn langsam aber beständig in die Knie zu zwingen.

Verschwommen nahm Jordan Townsend wahr, dass er bereits auf dem Boden lag. Er hörte die eigene Stimme nicht mehr. Schleier tanzten vor seinen Augen, lullten ihn ein und nahmen ihm die Entscheidung ab, einfach die Lider zu schließen und in einen tiefen Schlaf abzudriften.

Ewigen Schlaf.

Aus dem er nie wieder erwachen würde …

NEIN!

Townsend mobilisierte die ihm noch verbliebenen Kräfte. Unter größten Anstrengungen und innerer Pein schleppte er sich über den Boden. Mit jedem Zentimeter, den er vorwärts kam, schien sich der Schmerz weiter in ihm auszubreiten und gezielt seine Motorik lahm zu legen. Beinahe schon paralysiert erreichte er den Ausgang der Kantine. Er streckte einen Arm aus, bekam einen Haltegriff zu fassen, der vom Boden bis zur Decke reichte und zog sich halb daran hoch.

Das Blut rauschte in seinen Ohren. Seine Schläfen pochten, der Puls raste. Townsend bekam keine Luft mehr. Sein Schädel fühlte sich an, als würde er jeden Augenblick einfach auseinander bersten.

Noch ... zwei ... Zentimeter ...

Die Gedanken verblassten. Er nahm rote Schlieren vor seinen Augen wahr. Schließlich versagten ihm die Arme den Dienst. Er rutschte an der Stange ab, schaffte es irgendwie noch den Interkom akustisch zu aktivieren und schlug der Länge nach zu Boden. Sein Schrei klang über den Bordsprechfunk und fuhr den anderen Crewmitglieder durch Mark und Bein.

Dann verstummte er.

Nacht senkte sich über Mr. Townsend. Ein letzter Seufzer war zu vernehmen, ehe die Verbindung gänzlich abbrach.

3.287 Lichtjahre von der TANNHÄUSER-Station entfernt lag der Planet Dschubba im Trax-System. Am Morgen des 11. Juli 2108 erreichten die PROMET und die JOLLY ROGER Dschubba. Eric Worner, Haydee Gardner und Marvin Thorwald würden die verbleibenden 1 951 Lichtjahre bis zur Erde mit einem der nächsten Schiffe hinter sich bringen können, das vom Trax-System aus Richtung Sol flog.

Arn Borul, Shalyn Shan und Tim Axelrod wurden von Captain Joe Alpert in dessen Hauptquartier empfangen.

Alpert schüttelte Axelrod die Hand und nahm ihn zur Seite. »Es freut mich, dich wohlbehalten wiederzusehen, Tim. Wir haben uns hier alle große Sorgen gemacht.«

»Zumindest was den Stichling angeht, mit dem ich mich damals verdünnisiert habe, waren die allerdings unbegründet«, erwiderte Axelrod. »Die Maschine ist wohlbehalten und völlig unversehrt an Bord der PROMET.«

Alpert atmete tief durch.

»Na, wenigstens etwas.« Der Space-Police-Captain druckste etwas herum, bis er schließlich zur Sache kam. »Ich will offen zu dir sein, Timofei ...«

»Ich bitte darum.«

»Was in meiner Macht stand habe ich getan, um für dich noch ein paar Kastanien aus dem Feuer zu holen. Aber offenbar war mein Einfluß nicht groß genug.«

Axelrods Gesicht verdüsterte sich. Er konnte sich ungefähr vorstellen, was jetzt noch folgte. *Verdammt nochmal, beklage dich jetzt nicht!* meldete sich eine Stimme in ihm. *Du hast doch gewusst, was das nach sich zieht, als du ohne Befehl losgeflogen bist, um Vivien Raid zu helfen.* Axelrod blickte Alpert direkt an. »Bin ich draußen?« fragte er.

»Vorübergehend beurlaubt«, erklärte Alpert. »Ich habe versucht, meine Hand über dich zu halten, aber die Innenermittler der Space-Police, die die Sache untersucht haben, drohten auch mir mit einem Disziplinarverfahren, wenn ich nichts unternehmen würde.«

»Verstehe.«

»Mach so etwas nie wieder, Axelrod, du siehst ja, in welche Schwierigkeiten du dich selbst und mich gebracht hast.«

Axelrod lächelte dünn. »Hätte ich meine Freunde im Stich lassen sollen?«

Alpert machte eine wegwerfende Handbewegung. »Darüber sollten wir ein andermal diskutieren. Im Moment steht mir diese Angelegenheit bis hier oben, das kannst du mir glauben!« Während er das sagte, hob er die Handkante in Höhe der Nase.

»Kann ich dir nicht verdenken, Joe!« murmelte Axelrod kleinlaut.

Alpert kratzte sich am Kinn. Er wirkte nachdenklich. Nach einer Pause meinte er schließlich: »Haken wir das Thema damit ab. Ich habe dir gesagt, was ich sagen musste und damit fertig.« Der Captain wandte sich an Arn Borul und Shalyn Shan und winkte sie zu sich. »Es freut mich, Sie beide kennen zu lernen … das ist in diesem Fall auch nicht nur irgendeine höfliche Floskel, sondern hat seinen ernsten Hintergrund.«

Arn Borul und Shalyn Shan wechselten einen etwas verwunderten Blick.

»Worum geht es?« fragte Borul.

»Um ein eigenartiges Hyperfunksignal, das wir hier empfangen haben … Ich habe sämtliche mir auf Dschubba zur Verfügung stehenden Tronikressourcen ausgeschöpft, um dieses Signal zu entschlüsseln, aber es ist mir einfach nicht gelungen.«

»Und jetzt möchten Sie, dass wir es mit dem Bordrechner der PROMET versuchen!« schloss Shalyn Shan.

Captain Alpert nickte. »Die PROMET ist ein Forschungsschiff. Sie sind mit derartigen Aufgabenstellungen besser vertraut und haben außerdem ein paar hervorragende Spezialisten an Bord …«

Shalyn nickte.

Alpert bewegte den Kopf mit einem Ruck zur Seite. »Kommen Sie …«, forderte er und führte Shan, Borul und Axelrod zu einer Konsole, in der sich ein Rechnerterminal befand.

»Bitte optische Darstellung des Hyperfunksignals unbekannter Herkunft anzeigen«, forderte er den Rechner auf.

Auf dem zur Konsole gehörenden Monitor tat sich etwas. Wenig später war ein Muster von Kurven zu erkennen.

»Könnte es sich nicht um eine natürliche Parakon-Interferenz handeln?« fragte Shalyn.

Alpert schüttelte den Kopf, deutete dann auf einige charakteristische Stellen des Musters.

»Hier sind eindeutig Regelmäßigkeiten erkennbar, die kaum natürlichen Ursprungs sein können. Nein, es handelt sich um ein Signal, das steht für mich fest …«

»Für mich auch«, murmelte Arn Borul, der auf einmal wie elektrisiert wirkte. Der Blick seiner schockgrünen Augen war von der Anzeige auf dem Monitor geradezu hypnotisiert.

»Bitte überspielen Sie doch eine Kopie Ihrer Daten auf den Bordrechner der PROMET«, bat der Moraner dann.

»Kein Problem.«

»Das werden wir uns mal unter der Lupe betrachten …«, murmelte Borul.

»Was glauben Sie, ist das?« erkundigte sich Alpert.

»Ich weiß es nicht …«

»Aber du hast eine Vermutung!« Axelrods Worte waren eine Festellung, keine Frage.

Boruls Blick wirkte nach innen gerichtet. Er schien abwesend. Ein Ruck ging plötzlich durch den Moraner und dann sah er Axelrod offen an. »Ich werde mich dazu erst äußern, wenn ich sicher bin …«

Selten zuvor hatte Seymour T. den Bordarzt in einer derartigen Hektik erlebt. Wenn er es genau betrachtete, traute er Doc Berghaus auch nicht sonderlich. Der Mediziner war ihm schon suspekt gewesen, als er seinen ersten Tag Dienst an Bord der VIANA verrichtete. Vielleicht war es seine direkte Art, mit der er bei anderen aneckte. Vielleicht auch sein Hang zu Alkohol, den Seymour mehr als abstoßend fand. Er war nie mit Berghaus warm geworden. Dennoch zollte er dem Arzt nun Bewunderung. Der Mann tat offensichtlich alles in seiner Macht stehende, um Mr. Townsend wieder zu reanimieren.

Seymour wartete hinter einer Glasscheibe zur Krankenstation und beobachtete die fieberhaften Bemühungen von Berghaus. Der Arzt hatte sich einen Kittel und Mundschutz übergestreift. Auf seiner Stirn perlten Unmengen von Schweißtropfen. Sein Blick flackerte, irrte hierhin und dorthin. Einmal starrte er angestrengt auf die Messinstrumente, um sich in der nächsten Sekunde wieder dem Patienten vor ihm zu widmen.

Berghaus und Seymour hatten die Messe fast gleichzeitig erreicht. Mit einer Antigrav-Trage hatten sie den Bewusstlosen zur Medostation befördert. Townsend sah alles andere als gut aus. Sein Gesicht war aschfahl, und auf der Haut hatten sich rötliche Flecken breit gemacht. Hin und wieder wurde sein Körper von abrupten Zuckungen durchgeschüttelt, obwohl sich sein Bewusstsein laut Berghaus' Auskunft in einem komatösen Zustand befand.

Seymour sprach den Befehl »Verbindung Medostation« an der Seite der Glaswand, um per *Phonsens* auf die Innenlautsprecher der Krankenstation zu schalten.

»Kannst du mir schon etwas sagen, Doc?«

»Ja«, schnappte Alexander Berghaus gereizt. »Verschwinde und lass mich meine Arbeit erledigen!«

Seymour presste die Lippen zusammen. Er wählte die Interkom-Verbindung zur Kommandozentrale und wartete, bis sich Linnéa zu Wort meldete.

»Hast du eine Verbindung zur WEKAGE bekommen?«

»Tut mir leid«, antwortete die dünne Stimme der Schwedin. »Sie müssen sich außerhalb unserer Reichweite befinden. Vielleicht verhindert die Krümmung des Planeten die Kommunikation. Gibt es schon was neues über Mr. Townsend?«

Seymour schüttelte den Kopf, ohne daran zu denken, dass Linnéa ihn gar nicht sehen konnte. Dann fügte er hinzu: »Es sieht nicht gut aus. Der Doc gibt sich alle Mühe, aber …«

Der unvollendete Satz veranlasste Linnéa zu einem erschrockenen Ausruf. Seymour wollte etwas Beruhigendes erwidern, aber er war nie ein großer Redner gewesen. Er unterbrach die Verbindung und nahm nochmals Kontakt zur Medostation auf.

»Ich bin in der Kommandozentrale, Alex. Sobald du Neuigkeiten über Townsends Zustand hast, melde dich bitte.«

»Darauf kannst du Gift nehmen«, knurrte der Arzt.

Seymour ließ Berghaus mit dem Patienten allein und kehrte zum Leitstand der VIANA zurück. Als er einen Schritt über die Schwelle des Schotts setzte, fiel sein Blick auf Linnéa Skarsgard, die zusammen gesunken in ihrem Sessel saß.

Er ging zu ihr hinüber und legte ihr eine Hand auf die Schulter. Linnéa zuckte leicht zusammen.

»Hey, das wird schon wieder«, versuchte er sie zu trösten. Mr. Townsend konnte zwar ab und an gehörig nerven, aber im Grunde war er bei der Mannschaft der VIANA beliebt. Echte Feindseligkeiten zwischen den Besatzungsmitgliedern hatte es selten gegeben. Auch wenn Seymour Doc Berghaus nicht mochte, sie hatten sich bisher nie auf einen Streit eingelassen.

»Was kann nur mit ihm passiert sein?« fragte Linnéa und wandte sich zu Seymour um.

Der Filipino hob die Schultern. Wortlos ging er zum Kommandosessel und ließ sich darin nieder. Sein Blick suchte den Hauptschirm, der die schneeweiße Oberfläche Othans zeigte.

Krampfhaft überlegte er, ob er nicht doch eine Kommunikationsboje starten sollte, um mit Suzie Quang in Kontakt zu treten. Er verwarf die Idee wieder.

Und bereute es später …

»Sind das sämtliche verfügbaren Daten?« fragte Cyberjohn Five etwas ungehalten.

»Alles, was Captain Alpert uns übermittelt hat«, erwiderte Pat O'Healy, der Funker und Navigator der PROMET. An Bord des Tropfenraumers herrschte hektische Aktivität. Die Daten über das Hyperfunksignal unbekannter Herkunft beschäftigten die Mannschaft. Noch mehr als die Spezialisten der PROMET schien dieses Signal Arn Borul zu interessieren. Ein Interesse, das weit über das hinausging, was man von einem Raumfahrer und Forscher erwarten konnte.

Shalyn fiel das als Empathin besonders auf. Der Gefühlszustand, in dem Arn Borul sich befand, war schwer zu beschreiben. Eine Art fundamentale Unruhe hatte den Moraner befallen. Er wirkte angespannt und erwartete, etwas sehr Wichtiges zu finden. Etwas, dessen Existenz ihn aufwühlte wie sonst kaum etwas anderes.

Was kann das sein? ging es Shalyn durch den Kopf, während Kip damit beschäftigt war, einen ersten Entschlüsselungsversuch zu beginnen. Cyberjohn Five hatte das System dafür eigens etwas modifiziert, um es speziell für diesen Zweck noch leistungsfähiger zu machen.

Der Entschlüsselungsversuch blieb allerdings erfolglos.

»Keine Ahnung, was wir da machen können«, meinte Cy. Der lakonische Cyborg blickte nachdenklich auf die Anzeigen.

»Immerhin haben die Funker der Space-Police den Ausgangspunkt des Signals angepeilt.«

»Ich wäre Ihnen sehr dankbar, wenn Sie die Messungen der Space-Police noch einmal überprüfen würden«, sagte Arn Borul.

»Kein Problem«, versicherte O'Healy.

Borul wandte sich an Shalyn Shan. »Sagen Sie Hagen Bescheid. Er soll sämtliche Daten über das Ausgangsgebiet des Signals zusammentragen.«

»In Ordnung.«

Die Kommandantin der PROMET rief Professor Lukas Hagen über Interkom. Der Wissenschaftler befand sich in seiner Kabine. Shalyn beorderte ihn in sein Astrolab.

Dann wandte sich die Moranerin noch einmal an Arn Borul. »Sie haben irgendeine Vermutung …«

»Das ist richtig«, nickte Borul. Ein angespanntes Lächeln flog über sein Gesicht.

»Ehrlich gesagt wundert es mich, dass Ihnen der Gedanke nicht auch schon gekommen ist …«

»Welcher Gedanke?«

»Bei diesem Signal handelt es sich meiner Ansicht nach um einen alten moranischen Code …«

»Sind Sie sicher?«

»Ziemlich.«

Jörn Callaghan war in diesem Moment in der Zentrale der PROMET IV erschienen. Er sah sich die hektische Aktivität eine Weile an und sagte dann an Shalyn gewandt. »Bei Arn könnte man fast glauben, er sei in die Zeiten zurückversetzt, als er noch an Bord der PROMET I bis III durch das All streifte.«

Borul, der das mitbekommen hatte, drehte sich zu Callaghan um. »Wir stehen möglicherweise vor einer wichtigen Entdeckung«, war er überzeugt.

Auf einem der Bildschirme erschien jetzt das Gesicht von Barbie Delaney.

»Hier JOLLY ROGER an PROMET IV. Wir beabsichtigen, in Richtung Sol-System zu starten. Da Mr. Borul bis jetzt bei uns mitgeflogen ist …«

Arn Borul unterbrach Barbie.

»Die JOLLY ROGER kann nicht Richtung Sol-System fliegen«, erklärte er. »Wir brauchen sie als Sicherheitsreserve …«

Barbie runzelte die Stirn. »Heißt das, wir fliegen nach wie vor im HTO-Auftrag?«

»Betrachten Sie es so.«

»Auf Ihre Verantwortung, Borul!«

»Die übernehme ich gerne.«

»Und wohin geht es?«

»Zu einer Position, die Anake Ihnen gleich rübersenden wird. Inklusive aller Informationen, die sich in den Datenspeichern der PROMET über dieses Gebiet auftreiben lassen.«

Barbie wechselte einen leicht verwirrten Blick mit Helmut M'Banga, der nur die Schultern zuckte. »Etwas mehr hätte ich schon gerne über diese Mission gewusst«, meinte Barbie dann. »Schließlich haben wir ja erst jede Menge Ärger hinter uns …«

»Ich komme gleich an Bord der JOLLY ROGER und werde Ihnen alles erläutern, Barbie.«

»Da bin ich aber gespannt!«

Die Verbindung wurde unterbrochen.

Augenblicke später meldete sich Hagen von seinem Astrolab aus. »Die Gegend, aus der das Signal stammt, ist noch wenig erforscht«, erklärte der Professor. »Die angegebene Position gehört zu einem Planeten, der bislang nur von Mess-Sonden erfasst und fotografiert wurde. Er trägt die Katalognummer A-3654 und wurde von seinem Entdecker *Orange* genannt. Den Grund dafür werden Sie alle schnell erkennen …«

Eine Projektion erschien. Eine orangefarbene Kugel schwebte in einer elliptischen Bahn um eine weiße Sonne.

Das Monitorbild von Lukas Hagen grinste breit.

»Dieser Planet ähnelt halt auf dem uns vorliegenden Fotomaterial stark einer irdischen Orange. Seine Sonne steht unter der Bezeichnung Grainger 561 A in den Katalogen. Der Durchmesser von Orange beträgt 13.574 Kilometer, Schwerkraft 1,09 Gravo. Das heißt, dass ein armer Erdenbewohner mal wieder ganz schön ins Schwitzen kommt. Außer, dass Orange zwei Monde besitzt, gibt es über den Planeten nichts mehr zu sagen. Er ist bislang schlicht und ergreifend unerforscht.«

»Übersenden Sie das gesamte Datenpaket bitte an den Bordrechner der JOLLY ROGER«, forderte Arn Borul. Er wandte sich an Shalyn. »Wir treffen uns an der angemessenen Stelle … Ich will wissen, was dieses Signal zu bedeuten hat.«

4.

Schnee wurde aufgewirbelt, als das N-Boot tiefer über der Oberfläche schwebte. Seit gut drei Stunden waren sie nun schon unterwegs und hatten nicht die kleinste Spur über den Verbleib des Beibootes gefunden. Mehrmals waren sie kurz gelandet und waren zu Fuß merkwürdigen Schneeverwehungen und verdächtigen Erhebungen unter dem ewigen Weiß nachgegangen.

»Versuchen wir es dort drüben noch mal.«

»Eine weitere Senke, ein weiterer Fels, derselbe Mist von vorne?« Der Spott in Caren tenMays Stimme war unüberhörbar, dennoch ließ sich Susann Quang nicht von ihrem Vorhaben abbringen.

Die WEKAGE setzte auf einem Plateau auf. Pulverschnee stob zu den Seiten weg, legte teilweise den Fels darunter frei. Dann verstummte der Gravopuls-Antrieb.

»Zeit für unsere viertelstündliche Meldung«, sagte Caren. »Sonst macht sich Seymour noch in die Hosen vor Sorge.«

Während sich Suzie aus ihrem Sessel schälte und zusammen mit Raven Galway und Doguhan Yildirim zur Schleuse ging, versuchte die Pilotin, Verbindung zur VIANA aufzunehmen. Doch außer einem statischen Rauschen drang nichts aus den Lautsprechern der Funkanlage.

»Wir haben die Verbindung verloren«, teilte Caren mit.

Suzie drehte sich um. »Jetzt schon? Wie weit sind wir vom Ausgangspunkt entfernt?«

»Knapp einhundertundfünfzig Kilometer. Möglich, dass die Kälte unsere Instrumente beeinträchtigt.«

»Versuche es weiter«, sagte Suzie. »Wir sehen uns draußen um.«

Die Kommandantin schritt an den beiden Bergungsingenieuren vorbei und schloss den Schutzanzug mit dem magnetischen Reißverschluss bis zum Hals. In der Schleuse stülpte sie einen Raumhelm über und legte den Versorgungstornister an. Die Oberflächentemperaturen lagen mittlerweile bei minus fünfundzwanzig Grad.

Keine berauschenden Aussichten, in leichter Montur durch den Schnee zu hüpfen.

»Bereit?« erkundigte sie sich bei ihren Gefährten.

»Ich bin fertig geboren worden«, antwortete Raven Galway grinsend. Yildirim nickte nur.

Sie aktivierten die internen Heizungen der Schutzanzüge und öffneten das äußere Schleusentor. Surrend fuhr eine kleine Rampe aus dem Rumpf der WEKAGE und bohrte sich einige Zentimeter in den Schnee hinein.

Suzie ging voran. Ihre Schritte hallten metallisch auf dem Untergrund der Gangway, dann gingen die Laute in ein typisches Knirschen über, als sich ihre Stiefel in den Schnee gruben.

Die drei standen am Rand einer Mulde. In der Ferne brandete ein dunkelblaues Meer, das bisher vom Frost verschont worden war. Gischt trieb an einen kilometerlangen, weißen Strand. Ein Wunder, dass der Schnee vor ihm Halt gemacht hatte. Dennoch konnte es nicht mehr allzu lange dauern, ehe die Kälte sich auch hier ihre Opfer holte. Nur knappe hundert Meter vom Strand entfernt breitete sich dichter Wald aus, der bis hierher zu ihrem Standpunkt und noch weit darüber hinaus reichte.

Auf dem Plateau waren nur vereinzelt Bäume zu sehen, dafür sah es in der Mulde gänzlich anders aus. Dichtes Geäst wucherte hier und verbarg die Sicht auf den Waldboden.

»Da runter?« fragte Yildirim.

»Schaffen wir es mit den Antigrav-Gürteln?«

Raven Galway schüttelte den Kopf. »Zu viele Äste und Zweige. Wenn wir irgendwo hängen bleiben, machen wir einen Abgang. Wir müssen wohl oder übel zu Fuß runter.«

Suzie informierte Caren über ihr Vorhaben. Dann machten sie sich an den beschwerlichen Abstieg, der durch die schweren Raummonturen zu keinem Kinderspiel wurde. Zuerst umschritten sie die Mulde, bis sie einen geeigneten Abhang fanden, der direkt nach unten zu führen schien. Mit ihren Blastern brannten sie eine Schneise durch den Schnee. Sie warteten, bis der aufsteigende Wasserdampf sich in alle Winde zerstoben hatte und kletterten dann vorsichtig den schmalen Pfad hinunter.

Raven Galway ging voran und feuerte Sicherheitsbolzen in das freigelegte Gestein. Ein starkes Tau verhinderte, dass sie bei einem Ausrutscher den gesamten Hang hinunter fallen konnten. Hin und wieder setzten sie die Antigrav-Einheiten ein und schwebten ein kleines Stück hinunter, ehe das Unterholz zu dicht wurde und sie den Flug einschränken mussten.

Galway aktivierte ihren Helmscheinwerfer. Der weiße Zwerg Schejol hatte bereits bei ihrem Start den Zenit überschritten und sich beständig auf seinem Nachmittagszug befunden. Inzwischen war er kaum mehr am Horizont auszumachen, und die wenigen, schwachen Strahlen vermochten gerade noch die Oberfläche zu erhellen. Hier unten unter dem Mantel von dichtem Geäst und schneebeladenen Bäumen wurde es schlagartig dunkler.

Die beiden Ingenieure zogen ihre Blaster. Suzie konnte es ihnen nicht verübeln, denn Raids Berichten zufolge gab es auch in der Fauna einige Wesen, die ihnen gefährlich werden konnten – von den Othaniden ganz zu schweigen.

Drei Scheinwerferkegel tanzten durch das Dunkel und beleuchteten nur spärlich den ebenfalls schneebedeckten Waldboden. Ab und zu blitzte es auf, wenn die feinen Kristalle das Licht direkt reflektierten. Doch dann und wann bemerkte Suzie einen Reflex aus den Augenwinkeln, der nicht von den Scheinwerfern stammen konnte. Wenn sie hinsah, erspähte sie dort nichts anderes als Bäume. Dennoch wurde sie das Gefühl nicht los, beobachtet zu werden.

»Irgendetwas ist da draußen«, flüsterte Doguhan Yildirim und umklammerte den Griff des Blasters fester.

Ein Geräusch ließ Suzie Quang herumfahren. In ihrer Hand lag ein Stunner; ein Betäubungsstrahler neuester Bauart.

»Wir hätten warten sollen, bis es hell wird«, kommentierte Raven Galway. »Moment, da vorne …«

Ohne auf die anderen zu warten marschierte sie voran. Suzie Quang und Doguhan Yildirim beeilten sich, mit ihr Schritt zu halten. Nach einem guten Dutzend Schritten erkannten die beiden auch, was Galway gesehen hatte.

Der Lichtkegel ihres Helmscheinwerfers hatte etwas Blankes gestreift und war reflektiert worden.

Unter einem sorgfältig aufgeworfenem Haufen dicker Äste und blattbewehrter Zweige, begraben von einem Dach aus Schnee, lag ein Raumfahrzeug, das so ganz und gar nicht in die verschneite Einöde passen wollte.

Yildirim sog scharf die Luft ein.

Galway hielt unwillkürlich den Atem an.

Sie hatten das K'inga-Beiboot der TORRG gefunden!

Suzie aktivierte den externen Funk und rief die WEKAGE an. Caren meldete sich sofort.

»Wenigstens *eine* erfreuliche Nachricht«, sagte sie, als Suzie ihr von dem Fund berichtete. »Ich habe noch immer keine Verbindung zur VIANA bekommen.«

»Dann liegen wir tatsächlich außer Funkreichweite«, folgerte Suzie. »Keine Panik, das hat noch nichts zu bedeuten. Seymour weiß, wie er sich im Notfall verhalten muss, und wir werden sicher nicht den Teufel an die Wand malen.«

»Suzie?«

Die Schärfe in Carens Stimme ließ die Kommandantin inne halten. Sehr wohl hatte die Pilotin den Anflug von Unruhe in Quangs Stimme registriert.

Sie fühlte sich elend, vor ihren Leuten eine schlechte Figur abgegeben zu haben und hoffte, dass Galway und Yildirim davon nichts mitbekommen hatten.

»Wir schauen uns jetzt das Boot an«, wechselte Suzie übergangslos das Thema.

Sie näherten sich dem Versteck. Galway brannte einige Äste beiseite. Yildirim half ihr dabei, den Rest freizulegen, zumindest soweit, dass sie den Eingang erreichen konnten.

Suzie Quang gesellte sich zu den beiden Ingenieuren und besah sich den Öffnungsmechanismus genauer.

»Anscheinend ein Berührungssensor«, murmelte sie und presste ihre behandschuhte Handfläche auf die vereiste Fläche. Mit einer Verzögerung von drei Sekunden glitt summend ein Schott beiseite. Suzie überwand den Höhenunterschied von einem knappen Meter und befand sich im Innern einer Schleuse. Sie drehte sich um und winkte den beiden anderen zu, ihr zu folgen.

Hinter ihnen schloss sich das Schott automatisch. Da der Oberflächendruck dem Innendruck des Bootes entsprach, war kein Ausgleich erforderlich. Die innere Schleusentür ließ sich problemlos öffnen.

Suzie entriegelte den Helmverschluss und schob das Visier nach oben. Eiskalte, verbrauchte Luft schlug ihr entgegen und raubte ihr für Sekunden den Atem. Ein Stechen breitete sich in ihren Lungen aus. Sie wollte die anderen warnen, doch sie waren bereits ihrem Beispiel gefolgt und husteten mit schmerzenden Lungen.

Jeder Atemausstoß trieb Dampfwolken in den Raum. Die Temperatur im Boot lag knapp unter Null Grad Celsius. Auf den Instrumenten und den Wänden hatte sich eine dünne Eisschicht breit gemacht.

Suzie Quang betrat die enge Passagierkabine. Die Sitze waren zweireihig hintereinander angeordnet. Auch auf ihre Polster hatte sich Reif gelegt. Die Armaturen waren vereist und vielleicht nicht mehr bedienbar.

Die Kommandantin der VIANA war bis zum Steuerpult vorgedrungen und studierte die Tasten, Schalter, Hebel und Knöpfe, die allesamt in k'inganischer Sprache beschriftet waren.

»Keine Betriebsanleitung?« fragte Raven Galway über ihre Schulter hinweg.

»Die wäre jetzt hilfreich.«

»Wir könnten es auf einen Versuch ankommen lassen«, schlug Doguhan Yildirim vor. »Caren ist doch eine ausgezeichnete Pilotin. Sicher kann sie den Kahn hier heraus steuern.«

»Wir wissen nicht, was die einzelnen Schalter bedeuten«, gab Suzie zu bedenken. »Womöglich überlasten wir unnötig die Systeme und zerstören mehr als wir retten können. Außerdem hat das Boot einige Wochen in der Kälte gelegen. Ein Teil der Maschinen und Geräte funktioniert vielleicht gar nicht mehr.«

»Ich wusste, dass Sie das sagen würden«, knurrte Doguhan.

Ein Lächeln huschte über Suzies Lippen. »Sie wollten sich vor der Bergung drücken, wie? Ich schätze, da werden Sie nicht drum herumkommen.«

Suzie wies Caren tenMay an, mit der WEKAGE zu starten und direkt über dem k'inganischen Beiboot hinunterzugehen. Der lockere

Schnee wurde einfach zur Seite gewirbelt und die zur Tarnung aufgeworfenen Äste beiseite gedrückt. Doch das umliegende Areal war zu dicht bewachsen, als dass Caren ebenfalls landen konnte. So ließ sie die WEKAGE direkt über dem Beiboot schweben und wartete auf weitere Anweisungen.

Raven Galway trieb mit Hilfe ihrer im Kombigürtel eingebauten Antigrav-Einheit zur WEKAGE empor und ließ Caren das Schott zum Frachtraum öffnen. Kurz darauf setzten sich zwei ferngesteuerte Lastenschweber in Bewegung und drifteten langsam zur Oberfläche hinab.

Die Bugscheinwerfer der WEKAGE tauchten das Versteck in gleißendes Licht und erleichterten somit die Bergungsarbeiten. Die Schweber transportierten die Bergungsausrüstung der beiden Ingenieure nach unten und hielten neben dem K'inga-Boot an.

»Es wird ein Weilchen dauern, ehe wir alle Antigrav-Einheiten positioniert haben«, sagte Yildirim. »Danach können wir das Boot ferngesteuert hier hinaus manövrieren und in den Laderaum der VIANA bugsieren.«

»Hervorragend«, lobte Suzie. »Sie kommen allein hier zurecht?«

»Ja natürlich, wieso?«

»Unser Primärziel ist immer noch der Xentrox-Antrieb. Während Sie hier mit Galway beschäftigt sind, werde ich versuchen, mit Caren das Wrack der TORRG aufzuspüren.«

Yildirim runzelte die Stirn. Suzie entging seine Mimik, denn sie hatte sich schon halb umgedreht. Nur sein Räuspern hielt sie noch zurück.

»Ist noch etwas?«

»Ma'am, es ist bereits dunkel«, gab der Türke zu bedenken.

»Sollten wir nicht bis morgen früh warten, ehe wir mit der Bergung beginnen?«

»Je eher wir von Othan verschwinden, desto besser«, erwiderte Suzie, drehte sich um und schwebte mit dem Antigravgürtel bis zur Schleuse der WEKAGE empor.

Yildirim starrte ihr mit gemischten Gefühlen hinterher und wartete, bis sie im Inneren des N-Bootes verschwunden war. Dann machte er sich kopfschüttelnd und im Schein seiner Helmlampe an die Arbeit, die Antischwerkraft-Einheiten an der Außenseite des K'ingabootes anzubringen.

Auf der anderen Seite des fremden Raumers war Raven Galway bereits am Werk und berechnete die strategisch günstigen Anschlagpunkte, die einen gleichmäßigen Aufstieg bei der Bergung gewährleisteten.

An Bord der WEKAGE ließ sich Suzie Quang in den Sitz des Co-Piloten fallen. Mit einem Seufzer griff sie nach hinten in ihren Nakken und löste das farbige Band, das ihr schulterlanges Haar stets zusammenhielt.

Sie beugte sich vor und senkte den Kopf, so dass ihr einige Strähnen ins Gesicht fielen.

Caren verstand die Geste ihrer Kommandantin. Eine Eigenart, die sie nie in der Öffentlichkeit an den Tag legte, allerhöchstens im Kreis ihrer Freunde und Vertrauten.

»Müde?« fragte die holländische Pilotin.

Suzie sah auf.

Zuerst schien sie die Frage ignorieren zu wollen und wandte den Blick halb nach vorn zu den Sichtschirmen, doch dann antwortete sie: »Auch.«

»Und was noch?«

»Ich weiß nicht«, gestand Suzie kopfschüttelnd. »Ich habe ein merkwürdiges Gefühl bei diesem Auftrag.«

Caren zog eine Braue hoch.

»Bisher lief alles glatt, oder? Wir haben das Beiboot gefunden, und das Wrack der TORRG mit diesem ominösen Xentrox-Antrieb holen wir uns auch noch.«

Suzie starrte eine geschlagene Minute stumm nach draußen und beobachtete die Arbeit ihrer beiden Bergungsingenieure. Schließlich nickte sie leicht, band ihr Haar wieder zu einem Pferdeschwanz zusammen und bedeutete Caren, abzuheben.

»Du hast Recht. Wahrscheinlich mache ich mir zu viele Gedanken, weil wir uns in potenziellem Feindgebiet aufhalten. Komm, wir suchen das Wrack.«

»Aye, aye, Ma'am«, lächelte Caren und ließ die WEKAGE abrupt aufsteigen.

In einem Abstand von etwa einer halben Stunde starteten die PROMET und die JOLLY ROGER. 845 Lichtjahre lagen zwischen Dschubba und Orange. Drei Transitionen waren notwendig, um diese Distanz zu überwinden.

Wie angekündigt blieben Haydee Gardner, Marvin Thorwald und Eric Worner auf Dschubba zurück. Mit dem nächsten HTO-Raumer, der HTO-C-589, wollten sie zur Erde. Die Trauerfeier für die getöteten Besatzungsmitglieder der GAGARIN war auf den 17. Juli festgelegt worden. Und daran wollten sie gerne teilnehmen.

David Brodie hingegen überlegte es sich anders. Er blieb an Bord der JOLLY ROGER, genauso wie Vivien Raid. Brodie, der verhinderte Thronfolger des K'inga-Reiches, hatte immer noch daran zu knabbern, dass er nun ein ganz gewöhnlicher Normalsterblicher war. Es würde eine Weile dauern, bis er damit zurechtkam. Vielleicht war etwas Ablenkung genau das Richtige in diesem Fall.

Die PROMET IV trat als erstes der beiden Raumschiffe aus dem Parakon. Die drei Transitionen, die nötig gewesen waren, um von Dschubba aus in das Orange-System zu gelangen, hatte der Forschungsraumer ohne Probleme hinter sich gebracht.

Shalyn Shan saß in ihrem Pilotensessel und hörte beiläufig der Stimme von Kip zu, die einwandfreies Funktionieren sämtlicher Systeme bestätigte.

»DeGorm-Triebwerke aktiviert«, meldete unterdessen Cyberjohn Five, der Bordingenieur.

»Wir gehen in einen stabilen Orbit«, kündigte Shalyn an. »Wir werden als Erstes intensive Scans durchführen.«

»In Ordnung«, gab Anake zurück.

Eine Holoprojektion von Orange erschien. Im Hintergrund schimmerte die weiße Sonne des Planeten.

Die PROMET IV näherte sich Orange und schwenkte dann in eine stabile Umlaufbahn ein.

Shalyn rief die *Künstliche Intelligenz* PROMET auf und wies den Bordrechner an, die durchzuführenden Messungen vorzubereiten.

Außerdem stellte sie eine Verbindung zu Lukas Hagen her, der sich im Astrolab der PROMET aufhielt.

»Wir brauchen einen möglichst umfangreichen Scan der Planetenoberfläche«, sagte die Kommandantin.

»Kein Problem. Ich habe bereits die dafür in Frage kommenden Sonden vorbereitet.«

»Insbesondere interessiert uns natürlich jenes Gebiet, von dem aus das Signal abgegeben wurde.«

»In Ordnung.«

»Anake wird es für dich genau lokalisieren. Du kannst die Daten in wenigen Augenblicken abrufen.«

Hagen nickte und grinste dabei. »Für dich tu ich doch alles, Shalyn, das weißt du …«

Die Tatsache, dass Jörn Callaghan sich in der Zentrale der PROMET aufhielt, schien dem Professor nicht bewusst zu sein – oder man konnte es auf dem Bildausschnitt, den seine Projektion im Astrolab zeigte, nicht erkennen.

Shalyn beachtete die Bemerkung des Professors nicht weiter.

»Gebiet lokalisiert«, meldete Anake Takagawa und drehte sich kurz zu Patrick O'Healy um.

»Bestätigt«, meldete O'Healy. Er machte ein paar seltsame Verrenkungen. Seine teilweise hautenge Lederkluft schien nicht so zu sitzen, wie sie sollte. Anake konnte sich ein Grinsen diesbezüglich nicht verkneifen.

Schließlich gibt es auch Schwule, die wie normale Menschen herumlaufen, ging es ihm durch den Kopf. Aber er hütete sich davor, das laut zu äußern, obwohl es ihm auf der Zunge lag. In punkto Diskriminierung war Patrick O'Healy auf Grund seiner Vergangenheit ziemlich empfindlich.

»Ein Raumschiff materialisiert«, meldete O'Healy.

»Die JOLLY ROGER?« fragte Shalyn.

O'Healy nickte. »Ja, Kennung wird gerade durchgegeben.«

»Ich möchte, dass außer den Planetenscans auch noch umfangreiche Messungen des gesamten Orange-Systems durchgeführt werden … Schließlich wissen wir nicht, ob sich nicht schon jemand anderes für dieses Signal interessiert hat.«

»Okay«, bestätigte O'Healy.

In diesem Moment meldete sich die Stimme von Kip. »Ich möchte die Kommandantin darauf hinweisen, dass Orange das einzige Objekt im System der Sonne Grainger 561 A ist, das den Aufwand rechtfertigt, genauere Datenerfassungen durchzuführen. Nach meinen Berechnungen ...«

»Vielen Dank für diesen Hinweis, Kip.« Die Stimme der Moranerin klang leicht genervt. *Gut, dass ich die einzige Empathin an Bord bin,* dachte sie. *Sonst hätten jetzt die anderen Crew-Mitglieder erheblich zu leiden.*

Kips Neigung, sich ungefragt mit Ratschlägen zu Wort zu melden und sich manchmal sogar in Angelegenheiten der Crewmitglieder zu mischen, war berüchtigt. Die Hartnäckigkeit, die die Künstliche Intelligenz dabei mitunter an den Tag legen konnte, ebenso.

»Darf ich auf Grund Ihrer Erwiderung vielleicht vermuten, dass Sie nicht daran denken, sich an meinen Ratschlag zu halten, Kommandantin?« hakte der Bordrechner nach.

»Das darfst du«, lautete Shalyns kühle Erwiderung.

»Wenn Crew-Mitglied Anake Takagawa mir diese Antwort gegeben hätte, würde ich die Möglichkeit in Betracht ziehen, dass es sich um einen Witz handelt, der auf logischer Paradoxie beruht ...«

Shalyn wandte sich an Cy. »Wie wär's, wenn du unsere künstliche Intelligenz mal ein bisschen modifizieren würdest? Das hält ja niemand aus!«

Cys Gesicht blieb vollkommen ernst.

»Sobald ich etwas Zeit habe, werde ich mich darum kümmern«, versprach er.

Nach der ersten Umrundung des Planeten, lieferte Kip eine detaillierte Holo-Projektion mit umfangreichem Datenmaterial. Demnach war Orange eine trockene Welt, die von ausgedehnten Wüstengebieten dominiert wurde. An den Polen gab es kleinere Eiskappen. Die mittlere Temperatur schwankte am Tag zwischen beinahe 50 Grad am Äquator und minus 50 Grad an den Polen. Klimatische Schwankungen beeinflussten die Temperatur relativ wenig. Es gab eine Reihe von Binnenmeeren. Der Salzgehalt dieser Meere war derart hoch, dass die Verhältnisse mit denen des Toten Meeres auf der Erde verglichen werden konnten. So gab es auf Orange kaum nennenswerte Formen von Leben. Der Planet war, abgesehen von anaeroben Mikroorganismen in den Tiefen der Salzmeere und verschiedenem, sehr spärlichem Pflanzenleben an Land, absolut tot. Und das, obwohl eine rein quantitative Analyse ergab, dass er sowohl ausreichend Wasser, als auch eine für Menschen geeignete Sauerstoffatmosphäre besaß.

Weitere Umrundungen des Planeten folgten.

Professor Hagen sandte einige Sonden aus, die sich natürlich vor allem auf jenes Gebiet konzentrierten, aus dem heraus das mysteriöse Hyperfunksignal abgegeben worden war.

Der Dateneingang war spärlich.

Es dauerte eine ganze Weile, bis sich daraus ein Bild zusammensetzte.

Zwischendurch meldete sich Arn Borul von der JOLLY ROGER aus.

»Gibt es schon etwas Neues? Wir können in der Nähe der Position X, von der aus das Signal abgegeben wurde, ein erhöhtes Energieniveau orten. Aber natürlich verfügen wir nicht über die technischen Möglichkeiten der PROMET.

»Das erhöhte Energieniveau zeigen auch meine Instrumente an«, berichtete O'Healy.

Shalyn wandte sich Borul zu. »Tut mir leid, Sie müssen noch etwas Geduld haben. Professor Hagens Sonden sind noch unterwegs. Wir werden Sie sofort unterrichten, wenn sich etwas Neues ergibt.«

Jörn Callaghan schmunzelte über die Ungeduld des Freundes. *Es ist fast so, wie zu alten* PROMET-*Zeiten,* ging es ihm durch den Kopf.

Hagen meldete sich aus dem Astrolab.

»Neue Daten!« rief er wie ein Herold. »In der Nähe von Punkt X gibt es ein Objekt, bei dem es sich eigentlich nur um ein Raumschiff handeln kann …«

»Blasterkanone ist einsatzbereit«, meldete Cy, der auch Sicherheitsoffizier der PROMET war. Er hob die Augenbrauen, als Anake ihn etwas erstaunt ansah. »Man kann schließlich nie wissen«, meinte er.

Hagen grinste. »Ein Raumschiff-Wrack!« ergänzte er seine Ausführungen und betonte dabei die letzte Silbe.

»Typ und Herkunft?« fragte Shalyn.

»Analyse ist noch nicht abgeschlossen. Projektion ist aber möglich!«

Die Projektion des Astrospezialisten verkleinerte sich, dafür erschien die Darstellung eines torpedoförmigen Raumjägers. Die Stimme von Kip betete dabei die Daten herunter. »Die Länge des Objekts beträgt etwa 15 Meter, der Durchmesser 3 Meter. Es handelt sich augenscheinlich um einen Abfangjäger unbekannter Herkunft ... Das Objekt weist vermutlich stärkere Schäden auf, die es fluguntauglich machen.«

»Lebensformen?« fragte Shalyn.

»Möglich. Daten bisher widersprüchlich«, sagte Kip.

»Ich habe diesen Raumschiff-Typ schon einmal gesehen«, meinte Jörn Callaghan plötzlich. »Damals, im Ross-System ... Ende August, Anfang September 2090, als die PROMET I von Schergen der *Space Rocketts Company* entführt wurde.«

»Als ich die Raumyacht auf der Stelle transitieren ließ und wir im Ross 154-System herauskamen, stießen wir auf diese *Zwillinge* der riddlerschen Abfangjäger«, bestätigte Borul, der über die Holo-Konferenzschaltung alles mitbekommen hatte. [2]

»Die Schufte und ihre Hintermänner wurden damals ihrer gerechten Strafe zugeführt«, erklärte Callaghan weiter. »Und über zehn Jahre später hatten wir noch einmal mit diesem Fall zu tun.« [3]

Die arg geschrumpfte Hagen-Projektion meldete sich wieder zu Wort. »In der Nähe dieses zerstörten Jägers gibt es eine Art Station. Den Daten nach könnte sie noch in Betrieb sein.«

»Daher das erhöhte Energieniveau!« erkannte Arn Borul.

Hagen schien da skeptischer zu sein. »Das gemessene Energieniveau ist dafür eigentlich zu gering«, erklärte er. »Aber das würde natürlich voraussetzen, dass wir *unsere* Parameter zu Grunde legen. Möglicherweise beherbergt diese Station aber eine ganz andere Technologie.«

»Ich schlage eine Landung vor«, sagte Arn Borul.

---

2) siehe Raumschiff PROMET Classic Band 3: *»Raumsprung nach Moran«*

3) siehe Raumschiff PROMET Sternenabenteuer Band 1: *»Am Abgrund der Zeit«*

»Nichts dagegen«, bestätigte Shalyn Shan. »Allerdings denke ich, wir sollten den Sicherheitsaspekt nicht vernachlässigen. Und das bedeutet, dass die JOLLY ROGER zunächst als Sicherheitsreserve im Orbit verbleibt, während die PROMET in der Nähe von Punkt X, dem Ausgangspunkt des Signals, landet. Möglicherweise sind wir nicht willkommen!«

Arn Borul ärgerte es zweifellos, dass er nicht zu den Ersten gehörte, die sich die unbekannte Station genauer ansehen konnten. Andererseits leuchteten ihm Shalyns Argumente sofort ein. In seiner aktiven Zeit, an Bord der Raumschiffe PROMET I bis III, hätte er eine ähnliche Entscheidung befürwortet.

Er nickte also. »In Ordnung«, sagte Borul.

Shalyn richtete eine Anweisung an Kip. »Landung in der Nähe der Zielkoordinaten von Punkt X vorbereiten. Landeanflug soll nach der insgesamt fünften Umrundung des Planeten eingeleitet werden.«

»Bestätigt.«

5.

Es gab Zeiten, in denen es Seymour T. verabscheute, Verantwortung zu übernehmen. Meistens kündigten sich diese Zeiten mit kleineren Fehlschlägen und Katastrophen an. Eine dieser Mini-Katastrophen schien sich jeden Moment zu einer gewaltigen Explosion ausweiten zu wollen.

Er hämmerte auf den Armaturen herum und unterbrach die Verbindung zur Krankenstation. Eigentlich hatte er sich lediglich erkundigen wollen, wie es Mr. Townsend ging und ob Berghaus schon eine Diagnose abgeben konnte. Zwar hatte er mit einer barschen Antwort des Arztes gerechnet, jedoch nicht mit *dieser*.

»Ich werde nur dem Captain antworten«, hatte Berghaus geäußert.

Im ersten Augenblick war Seymour viel zu perplex gewesen, um dem Doc darauf zu antworten, im nächsten wünschte er sich, er hätte gar nicht erst nachgefragt. Berghaus verlangte augenblicklich eine Verbindung zur Kommandantin. Selbst die Auskunft, dass das Boot Quangs momentan außerhalb der Kommunikationsreichweite lag, verstand er offenbar als persönliche Verschwörung gegen sich selbst.

»Das wirst du noch bitter bereuen, T.«, hatte Berghaus förmlich in den Lautsprecher gebellt, ehe es dem Filipino zu bunt wurde und er einfach abschaltete.

Linnéa Skarsgard hatte die Unterredung live mitverfolgt und schaute Seymour fragend an. Als dieser nichts sagte, sprach sie ihre Gedanken laut aus: »Was ist denn in *den* gefahren?«

Seymour hob die Schultern und atmete tief durch. Er hoffte inständig, dass sich Suzie bald meldete. Einen Ausfall und einen durchgedrehten Arzt konnte er sich wirklich nicht erlauben. Trotz der Lage hielt er sich an Quangs Befehle und startete keine Kommunikationsboje.

»Noch immer keine Verbindung?« fragte er statt dessen an Linnéa gewandt.

Die Schwedin schüttelte den Kopf. Zur Unterstreichung dieser Geste überprüfte sie noch einmal alle Frequenzen, auch die, die nicht zum Standard der HTO zählten. Plötzlich hielt sie inne und fluchte leise.

Seymour stellte sich hinter sie und schaute ihr über die Schulter. »Noch mehr Probleme?«

»Ich fürchte, ja«, gab Linnéa mit einer Spur von Unsicherheit in der Stimme zu. »Alle Bandbreiten sind … tot.«

Seymour horchte auf. Offenbar lag ihr Kommunikationsproblem nicht an der Entfernung zur WEKAGE, sondern hatte andere Ursachen.

»Irgendeine Vermutung?«

»Der Anfang einer jeden Katastrophe ist eine beschissene Vermutung«, zitierte Linnéa unbewusst aus einem längst vergessenen Film, während ihre Finger weiterhin hektisch über die Tasten glitten und ihre Augen sich wie irr von Bildsequenz zu Bildsequenz auf den Monitoren bewegten.

»Es ist fast, als hätte man die Verbindung zu unseren Antennen gekappt«, sagte die Funkspezialistin dann. »Es gibt Hintergrundrauschen und schwache Echos, aber ich bekomme kein starkes Signal hinaus oder herein.«

»Versuche, die Ursache herauszufinden. Wenn etwas ist, ich bin in meinem Quartier.«

Seymour musste nachdenken. Irgendetwas stimmte hier nicht, das spürte er beinahe körperlich. Ihm war nicht einmal wohl dabei, dass er jetzt die Zentrale verließ, doch er ahnte zu diesem Zeitpunkt nicht, wie viel Wahrheit in dem Gefühl lag.

Nach einer guten Viertelstunde gab Linnéa das Drücken und Hämmern auf den Tasten auf, schaltete die Anlage auf *Standby* und stand auf. Sie griff sich ein Multifunktionswerkzeug und begab sich zum nächsten Verteilerknoten für die Schiffsenergien. Sorgsam überprüften sie die Leitungen und stellte keine Unregelmäßigkeiten fest. Die Außenkameras und die Tronikanalyse zeigten ihr, dass die Kommunikationsantennen noch voll funktionstüchtig waren. Das Problem musste eine andere Ursache haben.

Linnéa informierte Seymour über Interkom, dass sie die Zentrale verließ und sich die Schnittstelle zu den Antennen ansehen wollte.

Danach fuhr sie mit dem A-Grav-Lift ins oberste Deck und hantierte kurze Zeit darauf an der Verschlussluke eines Relaisknotens.

»Moment mal …«

Das kleine Metallplättchen, das zwischen dem Kabelgewirr hing, kam ihr völlig unbekannt vor und gehörte gewiss nicht hierher. Zuerst konnte sie die Funktion des scheckkartengroßen Teils nicht zuordnen. Erst als sie mit dem Multifunktionswerkzeug die Platte in verschiedenen Lichtfrequenzen bestrahlte und schließlich im ultravioletten Bereich stehen blieb, machte sie auf der Rückseite eine interessante Entdeckung.

»Ein verborgener Zeitmechanismus«, murmelte sie und prüfte die Miniaturschaltungen und das Display, das nur im UV-Licht sichtbar wurde.

Linnéa erinnerte sich, ein ähnliches Instrument schon einmal gesehen zu haben. Die Miniaturschalter wurden in Raumschiffswerften und bei Energieanlagen verwendet, um vorprogrammierte Prozesse zu bestimmten Zeiten auszulösen und zwar dort, wo es sich nicht lohnte, extra eine Tronik zu installieren. Sie steuerten in der Regel den Durchfluss von Energien – oder stoppten ihn.

»Was in aller Welt hat *das hier* zu suchen?« fragte sich die Schwedin. Entschlossen packte sie die Karte und entfernte sie aus den Kabelsträngen.

Zumindest *wollte* sie sie entfernen.

Den Blitz sah sie noch. Der Schmerz war kurz aber heftig.

Linnéa prallte zurück, schlitterte über den Boden und wurde erst von der gegenüberliegenden Wand gestoppt. Den Aufprall spürte sie schon nicht mehr …

Die Promet landete unweit von Punkt X. Jeder Versuch, mit der Station in Funkkontakt zu treten, war bislang gescheitert. Es antwortete dort niemand, ganz gleich auf welcher Frequenz oder in welcher Sprache man es auch versuchte. Professor Hagen hielt das für ein Anzeichen dafür, dass die Station doch nicht mehr in Betrieb war.

Das Außenteam, das die Umgebung erkunden sollte, bestand aus Cy, Anake, Bordärztin Vanessa Modesta und Professor Hagen. Shalyn selbst blieb an Bord. Für den Fall, dass ein plötzlicher Notstart durchgeführt werden musste, war ihre Anwesenheit erforderlich.

Jörn Callaghan bat ebenfalls darum, an der Außenmission teilnehmen zu können. »Schließlich ist es möglich, dass dieser Abfangjäger tatsächlich dem Typ entspricht, dem wir einst im Ross-System begegnet sind«, begründete er seinen Wunsch.

Shalyn seufzte.

»Es gibt leider keinen vernünftigen Grund, um dir das abzuschlagen«, meinte sie. »Aber ich hoffe, dass du auf dich aufpasst.«

»Natürlich.«

»Keiner von uns weiß, was dort draußen wirklich wartet.«

Jörn grinste. »Das ist nicht mein erster Ausflug dieser Art«, gab er zu Bedenken.

Nachdem die Angehörigen des Außenteams ihre Ausrüstung erhalten hatten, verließen sie über die Personenschleuse der PROMET das Schiff. Die PROMET IV besaß keine Teleskopstützen, sondern ruhte auf einem Antigrav-Kissen, das von den für den Atmosphärenflug nötigen Gravopuls-Triebwerken erzeugt wurde. Ein Antigravfeld ließ die Mitglieder des Außenteams hinunter auf die Oberfläche gleiten. Zur Bewaffnung war jeder von ihnen mit einem Blaster ausgerüstet. Eine reine Sicherheitsmaßnahme. Die bisherigen Scans hatten keinerlei schädliche Mikroben oder gesundheitsgefährdenden chemischen Anteile in der Atmosphäre angezeigt. So konnte auf Schutzanzüge verzichtet werden. Außer ihrer Bewaffnung führten die Team-Mitglieder noch ihre Geräte mit, die sie für eine genauere Untersuchung der Station und des Raumschiffs brauchten.

Die Station bestand aus mehreren, untereinander verbundenen, quaderförmigen Gebäuden. Sie war im Schutz mehrerer monolithisch wirkender Felsmassive errichtet worden. Offenbar war die Kraft der Stürme, die auf Orange tobten, von derart großer Wucht, dass die Auswahl eines so geschützten Platzes zur Errichtung einer Station sinnvoll erschien. Der Untergrund war staubig, trocken und von Geröll durchsetzt.

Zuerst wurde der havarierte Raumjäger untersucht.

Schon von außen war gut sichtbar, dass der Jäger schwer beschädigt war.

»Ich bin mir jetzt sicher«, meinte Callaghan. »Genau so ein Jäger begegnete uns damals im Ross-System.«

Cy schaffte es, die Außenluke mit Hilfe seiner erheblichen Körperkräfte zu öffnen.

Der Cyborg gelangte ins Innere des Jägers, sah sich dort um. Von der Besatzung des Jägers war nichts zu finden.

Wie lange die torpedoförmige Maschine bereits hier lag, war schwer zu sagen. Cy vermutete jedoch, nachdem er den Jäger wieder verlassen hatte, dass der Absturz schon einige Jahre zurückliegen musste.

Dann wandten sich die Außenteammitglieder der PROMET der Station zu. Den Eingang zu finden, war keine Schwierigkeit. Ihn zu öffnen stellte sich als ziemlich kompliziert heraus. Cy musste sein gesamtes technisches Können einsetzen.

»Die Magnetisierung ist codiert«, sagte Cyberjohn Five sachlich, während er die Eingangstür zum x-ten Mal mit seinem Scanner abtastete.

»Wo ist das Problem?« fragte Anake.

»Die Codierung ist ungewöhnlich … Aber ich bekomme das hin.«

»Wenn nicht, bleibt uns ja immer noch der Blaster«, meinte Anake.

Bei Cy fiel diese humorvoll gemeinte Bemerkung auf vollkommen taube Ohren. Er ignorierte sie einfach.

Cy stöpselte sich in den tragbaren, handgroßen Rechner ein, den er bei sich trug. Schließlich gab er ein genau auf die Codierung hin konfiguriertes Signal ab. Die Tür öffnete sich. Ein angedeutetes Lächeln lag auf seinem Gesicht.

Sie betraten die Station.

Eine gedämpfte Notbeleuchtung war aktiv.

Sie passierten einen langgezogenen, kahlen Gang und gelangten dann in einen weitläufigen, von Licht durchfluteten Raum. Das Licht kam durch die kreisrunden Scheiben in der Decke, durch die der rötlich schimmernde Himmel von Orange zu sehen war. Wolken zogen schmutzigen Flecken gleich dahin. Sie hatten eine erhebliche Geschwindigkeit. In den höheren Atmosphärenschichten von Orange schien einiges los zu sein.

In dem Raum gab es eine Reihe von Liegen und Behandlungsstühlen. Es war erkennbar, dass sie für die unterschiedlichsten anatomischen Voraussetzungen verschiedener galaktischer Völker ausgelegt waren, nicht nur für Humanoide.

»Wer mag diese Station errichtet haben?« fragte Professor Hagen mehr zu sich selbst, als an die anderen gerichtet. Er wandte sich dann an Takagawa. »Wo bleibt dein berühmt-berüchtigtes exobiologisches Wissen, Anake? Ich dachte es gibt kaum eine Spezies, der du noch nicht begegnet bist ...«

Anake zuckte nur die Schultern.

Doktor Vanessa Modesta, die Bordärztin, antwortete an seiner Stelle. »Jedenfalls ist dies eine Medostation, wie wohl auch jeder medizinisch Ungebildete sofort erkennen kann. Offenbar ist sie für Behandlung unterschiedlichster Spezies ausgelegt ...« Da Vanessa eigentlich auch die Funktion der Exobiologin an Bord der PROMET einnahm, beleidigte sie es schon etwas, dass Hagen Anake daraufhin angesprochen hatte. Vanessa war eine ausgesprochene Narzisstin, wofür ihr Riesenfundus an selbstgeschneiderten Kleidern, die sie mit sich führte, ein deutlicher Beleg war. Sie lächelte gezwungen in Anakes Richtung. »Trotz deiner reichhaltigen Weltraum-Erfahrung scheint dir das entgangen zu sein ...«

Anake war klug genug, darauf nicht zu antworten.

Hagen fragte: »Was zeigen deine Bio-Scanner?«

»Widersprüchliche Daten – wie gehabt«, war Vanessas Antwort nach einem kurzen Blick auf das Display ihres Scanners. »Es gäbe allerdings eine Interpretation, auf die das Ding hier leider nicht kommt ...«

»Und die wäre?« hakte Jörn Callaghan nach.

»Reduzierte Lebensfunktionen ...«

»In Kryokammern?« schloss Cy messerscharf.

»Ja, das wäre eine Möglichkeit. Eine andere: Es könnte sich um Spezies mit zeitweilig oder dauerhaft reduziertem Stoffwechsel handeln, also ähnlich einiger irdischer Spezies, die einen Winterschlaf halten.«

»Einloggen in den Stationsrechner ist zur Zeit nicht möglich«, meldete Cy. »Den gemessenen Energieniveaus nach, müsste sich eine Kryo-Anlage im westlichen Teil der Station befinden.«

»Sehen wir uns dort mal um«, forderte Takagawa. Über Funk wandte er sich an Shalyn Shan in der Kommandozentrale der PROMET.

»Hier Anake. Bei uns ist alles in Ordnung. Wir befinden uns in einer verlassenen Medostation …«

»Hinweise auf die Herkunft?« fragte Shalyn.

»Nein.«

»Anzeichen für moranische Technologie?«

Anake wandte sich an Cyberjohn, der dem Gespräch zugehört hatte. Cy nickte. »Mit hoher Wahrscheinlichkeit.«

»Wir melden uns wieder, Kommandantin«, versprach Anake seiner Vorgesetzten.

»Ich werde der JOLLY ROGER funken, dass eine gefahrlose Landung möglich ist«, erklärte Shalyn. »Arn Borul drängt es, sich die Station persönlich anzusehen.«

»Nichts dagegen einzuwenden«, erwiderte Anake. »Aber vielleicht wartest du damit noch, bis wir die Kryo-Kammern untersucht haben, die sich hier angeblich befinden sollen. Du weißt ja: *Security first!*«

Wenig später, nachdem sie weitere Behandlungsräume sowie Quartiere für die Stationsbesatzung passiert hatten, fanden sie den Trakt mit den Kryokammern. Es stellte sich heraus, dass ein Großteil der Anlage zerstört war.

Vanessas Bioscanner brachten es schonungslos an den Tag. Das Energielevel war auf Null, die in den Kammern eingefrorenen Körper in einem fortgeschrittenen Stadium der Verwesung. Ein hohes Niveau an Mikroorganismen hatte sich im Zuge des biologisch-chemischen Verfalls gebildet. Eine Infektionsgefahr konnte nicht ausgeschlossen werden.

»Ich rate dringend davon ab, eine der defekten Kammern zu öffnen«, meinte die Ärztin.

»Was sind das für Spezies, die hier eingefroren worden sind?« erkundigte sich Anake Takagawa.

Vanessa Modesta gab mit angestrengt wirkendem Gesicht Auskunft. »Meine Bioscanner messen Reste von Zellstrukturen und Skeletten an … Nicht alle DNA-Muster sind bekannter Herkunft, aber es scheinen sich Pygmas und Ratiner darunter zu befinden.«

Hagen wischte sich mit dem Ärmel den Schweiß von der Stirn. Die Sonneneinstrahlung sorgte dafür, dass sich das Innere der Station ziemlich aufheizte. Die Klimaanlage, die hier zweifellos vorhanden war, funktionierte ganz offensichtlich nicht mehr. So wie vieles andere in der Station auch. »Wie sollen wir uns das alles hier zusammenreimen?« fragte er. »Offenbar hat hier jemand eine Art Kryo-Zoo von verschiedenen galaktischen Intelligenzwesen angelegt!«

»Dieser jemand scheint Moraner gewesen zu sein«, ergänzte Cy.

Er schwenkte seinen Energiescanner herum, wandte sich einer der anderen Kammern zu und verharrte dann mitten in der Bewegung.

Jörn Callaghan musterte ihn aufmerksam.

»Was ist los, Cy?« fragte er.

Der lakonische Cyborg antwortete nicht sofort. Sein Blick war angestrengt auf das Display gerichtet. Schließlich sagte er: »Diese Kryokammer könnte möglicherweise noch in Betrieb sein. Eigentlich erscheint mir das Energielevel dafür etwas schwach, aber …«

Die Kammer bestand aus einem Quader, etwa zwei Meter breit und etwa sieben Meter lang. Cy, über die Cyberbuchse an seinen Schläfen mit der Handtronik verbunden, versuchte sich in den internen Rechner der Kryokammer einzuloggen. In seinem Gesicht blitzte ein triumphierender Zug auf, als er es geschafft hatte. »Der Stationsrechner scheint im Eimer zu sein, aber das interne System dieser Kammer arbeitet noch.«

»Na, wunderbar«, stieß Anake hervor. »Dann kommen wir auf diese Weise vielleicht langsam weiter.«

Die Oberfläche des Quaders veränderte sich.

Sie wurde transparent.

Die eingefrorenen Lebensformen wurden sichtbar. Zuerst sahen sie zwei Ratiner aus dem System Fomalhaut, rund 40 Lichtjahre von der Erde entfernt. Ratiner traten immer als Zwillingspärchen auf. Mit ihnen hatte die Besatzung der PROMET I im Juni/Juli 2090 böse Erfahrungen gesammelt.

Die Pygmas, knapp ein Meter große Humanoide aus dem UV-1-System, hatte die PROMET I-Crew im September 2090, kurz nach den Erlebnissen mit den Ratinern kennen gelernt. Sie lebten unter einer UV-Sonne, etwa fünfundzwanzig Lichtjahre von der Erde entfernt.

Siebenbeiner vom Planeten Seven-bones, aus dem Ataïr-System, 14 Lichtjahre von der Erde entfernt, wurden sichtbar. [4)]

Doktor Vanessa Modesta ermittelte mit Hilfe ihrer Physo-Scanner den körperlichen Zustand der Schläfer.

»Der medizinische Allgemeinzustand aller Individuen ist schlecht«, sagte sie schließlich. »Besonders gilt das für die Pygmas und Ratiner. Bei den Siebenbeinern sieht es etwas besser aus – aber auch sie sind in keinem guten Zustand.«

»Kann man sie aus dem Kälteschlaf aufwecken?« fragte Callaghan.

»Ich schlage vor, sie erst einmal in die bordeigenen Kältekammern der PROMET zu bringen und später im HTO-Hospital erwachen zu lassen. Ansonsten sehe ich keine gute Überlebenschancen …«

Callaghan atmete tief durch und betrachtete die bizarren Körper der Siebenbeiner. Callaghan war ihnen bereits auf einer der ersten Reisen der PROMET I begegnet. Die Siebenbeiner waren im Mai 2090 die ersten außerirdischen Lebewesen, die die Crew der PROMET auf der Suche nach Sauerstoffplaneten kennen gelernt hatten. Der Körper ähnelte einem Stein. Er verfügte über sieben, jeweils in drei Glieder unterteilte Beine, bei denen es sich jedoch nicht um Stützorgane im klassischen Sinn handelte. Mit den Beinen konnten sie wie aus Düsen einen Luftstrom erzeugen. Auf diese Weise entstand dann eine Art Luftkissen. Aus dem Körper wuchs ein Hals heraus, der bis zu einem Meter fünfzig herausgefahren werden konnte und an dessen Ende sich ein tomatengroßer Kopf befand.

Achtzehn Jahre war es jetzt schon her, dass die Besatzung der alten PROMET I den Heimatplaneten dieser bizarren Intelligenzen entdeckt hatte und ihm einen Namen gab, der sich aus ihrer Anatomie ableitete.

Seven-bones.

Vanessa fuhr inzwischen mit ihren Untersuchungen fort.

»Gibt es nicht die Möglichkeit, wenigstens einen der Schläfer aufzuwecken, um herauszufinden, was hier vor sich gegangen ist?« fragte Callaghan.

[4)] siehe Raumschiff PROMET Classic Bände 2 und 3

»Ich schlage einen anderen Weg vor«, erklärte Vanessa. »Wir haben an Bord der PROMET einen neu entwickelten Mental-Spürer. Damit könnten wir das Bewusstsein des Siebenbeiners anzapfen und seine Erinnerung rekonstruieren.«

Callaghan hob die Augenbrauen.

»Irgendein Haken bei der Sache?«

Vanessa blickte auf. »Erstens handelt es sich bei dem Siebenbeiner um eine Spezies, deren Psyche sich erheblich von der unseren unterscheiden dürfte …«

»Das liegt auf der Hand.«

»Und zweitens wissen wir nicht, *was* er erlebt hat. Möglicherweise lösen wir durch die Reaktivierung traumatorischer Erinnerungen einen schockartigen Zustand aus!«

»Shalyn ist Empathin. Sie könnte den Vorgang kontrollieren.«

Vanessa nickte. »Das wäre eine Möglichkeit. Ein Grund mehr, die Schläfer zunächst in die Kryokammern an Bord der PROMET zu transferieren. Mit Hilfe von Antigravaggregaten und medizinischen Rettungskapseln müsste das möglich sein, ohne physiologische Schäden an den Schläfern zu verursachen.«

Der misstrauische Blick des Doktors kam einer Anklage gleich. Immer wieder sah Berghaus auf und stierte Seymour feindselig an. Dem Bordingenieur war nicht der leichte Nadelstrahler entgangen, der in Reichweite von Alexanders Hand lag.

Seit Seymour Linnéa bewusstlos und mit schweren Verbrennungen an den Händen im oberen Deck aufgefunden hatte, war der Bordarzt noch ungenießbarer geworden, als schon zuvor. Er schien Seymour nicht über den Weg zu trauen und äußerte sogar offen den Verdacht, dass er die beiden anderen Crewmitglieder außer Gefecht gesetzt hatte.

Obwohl der Gedanke völlig hirnrissig war, fühlte sich auch Seymour in seiner Haut nicht wohl. Hatte er noch bei Townsend an einen unglückseligen Umstand geglaubt, konnte er Linnéas Ausfall nicht mehr als bloßen Zufall abtun. Nachdem er die hübsche Schwedin in der Krankenstation abgeliefert hatte, besah er sich das geöffnete Paneel im Oberdeck genauer und kam zu ähnlichen Schlussfolgerungen wie die Funkspezialistin. Die Kommunikationsanlage war eindeutig mittels eines Zeitschalters sabotiert worden.

Von wem? – Das war Seymours vorherrschender Gedanke, seit er zur Medostation zurück gekehrt war, um sich nach dem Zustand der beiden Patienten zu erkundigen. Im Gegensatz zu Alexander Berghaus verdächtigte er niemanden aus der Besatzung und vermutete eher, dass sich bereits im Raumdock jemand an der VIANA zu schaffen gemacht hatte.

»Hast du nichts zu tun?« fauchte Doc Berghaus.

»Was immer du auch glaubst, Alex, ich habe nichts damit zu tun«, sagte Seymour gefährlich ruhig und deutete mit dem Kinn in Richtung der beiden Bewusstlosen. Er machte Anstalten, um die Trennwand herum zu gehen, gewahrte aber, wie sich Alexanders Hand instinktiv dem Strahler näherte. Seymour hielt inne und seufzte.

»Was ist mit Linnéa geschehen?«

Berghaus zuckte die Schultern. Seymour sah ihm förmlich an, dass er am liebsten etwas in der Art wie *»Das müsstest du doch am besten wissen!«* geantwortet hätte. Doch erstaunlicherweise hielt sich der Doc diesmal zurück.

»Ein elektrischer Stoß hat ihr Nervenzentrum gelähmt. Die Entladung ist über ihre Hände in den Körper eingetreten, daher die Verbrennungen auf den Handflächen.«

»Das war eine Falle«, sagte Seymour. »Jemand hat dafür gesorgt, dass unsere Kommunikation zu einem bestimmten Zeitpunkt lahmgelegt wird.«

»Und dass wir nicht in der Lage sein werden, sie wiederherzustellen?«

Seymour nickte. Er hatte die Kabelstränge gesehen – alles war verschmort und ausgebrannt. Sicher würde er es reparieren können, aber das brauchte Zeit.

Viel wichtiger war, herauszubekommen, wer für die Sabotage verantwortlich war und ob noch mehr dieser technischen Fallen an Bord installiert worden waren.

»Wir müssen den Captain informieren«, meinte Berghaus.

Der Arzt hatte Recht. Quang musste unbedingt erfahren, was hier geschehen war. Wenn der Saboteur ganze Arbeit geleistet hatte, schwebten sie und die anderen womöglich ebenfalls in Gefahr.

»In Ordnung«, erwiderte Seymour und verließ die Krankenstation ohne eine weitere Erklärung.

Sein Weg führte ihn in die verwaiste Kommandozentrale. Von dort aus startete er entgegen Suzies Befehl nun doch eine Kommunikationsboje in den Orbit Othans und fuhr anschließend mit dem Antigrav-Lift einige Decks tiefer in den großen Haupthangar.

Das zweite Beiboot der VIANA war ein Transitionsraumer von knappen sechzehn Metern Länge. Das Borul-Triebwerk, das Sprungweiten von etwa fünfundzwanzig Lichtjahren erlaubte, nahm fast zwei Drittel des Schiffskörpers ein. Das T-Boot besaß den Eigennamen NEW CANADA und hatte seine Fähigkeiten schon bei schwierigen Einsätzen der VIANA-Besatzung unter Beweis gestellt.

Seymour gab den Sicherheitscode für die Schleuse ein und wartete, bis die Gangway herunter gefahren war. Mit drei Schritten war er im Vorraum. Surrend schloss sich hinter ihm das Schott. Er würde über den Sender an Bord der NEW CANADA die Kom-Boje anwählen und dann einen Kontakt zur WEKAGE herstellen.

Das zweite Schleusentor schob sich in die Fugen zurück. Seymour starrte direkt in die Mündung eines soeben abgefeuerten Stunners. Er hatte keine Chance, dem Betäubungsstrahl auszuweichen.

6.

Der Transport der Schläfer in die Kälteschlafkammern auf dem Labordeck der PROMET war langwierig. Schließlich musste man sehr vorsichtig dabei vorgehen. Die JOLLY ROGER landete inzwischen ebenfalls in der Nähe der Station. Arn Borul sah sich dort um. Zusammen mit Cy versuchte er, einige der ursprünglich vorhandenen Datenspeicher zu aktivieren. Aber das war leider vergeblich. Die Zerstörungen – über deren Ursache nur spekuliert werden konnte – waren zu schwerwiegend. Cy vertrat die Ansicht, die Zerstörungen an der Station seien durch einen gezielten Angriff herbeigeführt worden. Der havarierte Abfangjäger sei ein weiteres Indiz für ein Gefecht.

Rätselhaft blieb außerdem, wo die Besatzung der Station geblieben war.

Schließlich wurde in der Medostation der PROMET der Versuch unternommen, mit Hilfe des Mentalspürers in das Bewusstsein von einem der Schläfer einzudringen.

Vanessa entschied sich für einen der Siebenbeiner, dessen körperlicher Zustand – soweit man das angesichts der zum Teil unbekannten physiologischen Parameter sagen konnte – am besten war.

In der Nähe des Gehirns wurden zwei Schläuche mit Drucknoppen angelegt. Vanessa blickte auf die Instrumente, die Gehirnströme und andere Daten anzeigten.

Shalyn war auch anwesend.

Sie wechselte einen Blick mit Jörn Callaghan. »Ich hoffe, dass ich die Emotionen dieser Spezies auch richtig einzuschätzen vermag.«

»Da vertraue ich ganz deinen Fähigkeiten«, beruhigte er sie.

»Der Mentalspürer ist mit dem Bordrechner verbunden«, meldete Cy. »Das Experiment kann beginnen …«

»Ich bevorzuge in diesem Zusammenhang einen anderen Begriff«, sagte Vanessa.

Cy sah die Bordärztin etwas irritiert an.

»Ist es denn kein Experiment?«

»Der Mentalspürer ist ein erprobtes medizinisches Messgerät.«

Cy lächelte dünn. »Aber nur bei Humanoiden, nicht bei einer Spezies, die sich derartig von uns unterscheidet.«

Vanessa lag eine ihrer spitzen Bemerkungen auf der Zunge, für die sie bekannt war. Aber sie schluckte sie hinunter. *Er hat VON UNS gesagt!* ging es ihr durch den Kopf. *UNS* – obwohl Cys Anteil anorganischer Bestandteile im Vergleich mit den anderen Crewmitgliedern auch sehr hoch war.

»Ich aktiviere jetzt den Mentalspürer«, kündigte Vanessa an. »Der Bericht des Siebenbeiners wird von Kip aufgezeichnet werden …«

Suzie Quang war für die Nachricht Raven Galways mehr als dankbar. Wahrscheinlich ersparte ihnen der Fund der Bergungsspezialistin eine tagelange Suche nach dem Wrack der TORRG.

Galway und Yildirim waren mit den Vorbereitungen der Bergung fertig und hatten die Datenspeicher des K'inga-Bootes untersucht. Die Aufzeichnung von der Notlandung hatte Hinweise auf die ungefähre Absturzstelle der TORRG gegeben – damit würde ihre Suche ungemein erleichtert werden.

Die WEKAGE trieb über der freigelegten Waldschneise und leuchtete das Areal mit ihren Rumpfscheinwerfern aus. Langsam schälte sich aus dem Waldstück unter ihnen der Leib des K'inga-Bootes heraus, nur getragen von den Antigrav-Bergungseinheiten, die von Galway und Yildirim installiert worden waren. Die beiden Bergungsspezialisten kontrollierten den Aufstieg peinlich genau. Sie schwebten mittels ihrer Schwerkraftgürtel um das Boot herum und schnitten mit ihren Blastern hier und dort überstehende Äste aus den Bäumen, um den Weg freizumachen.

Caren tenMay verfolgte das Manöver über die Instrumente der WEKAGE und gab notwendige Kurskorrekturen sofort an Galway und Yildirim weiter.

Schließlich passierte das K'inga-Boot die Baumwipfel und driftete langsam auf das mit Schnee bedeckte Plateau zu, von dem sie vor einigen Stunden zu ihrer Mission gestartet waren.

Sie landeten das Beiboot im Schnee. Die WEKAGE setzte direkt daneben auf und ließ die beiden Bergungsingenieure an Bord.

Raven Galway entledigte sich nur des Helmes und trat dann an die Navigationskonsole, um die Daten des K'inga-Raumers in die Tronik der WEKAGE zu transferieren.

»Die TORRG ist doch um einiges weiter herunter gekommen, als wir bisher angenommen haben«, erläuterte die Irin mit der brünetten Strubbelfrisur. »Laut den Daten des Beibootes liegt der Aufschlagpunkt etwa fünftausend Kilometer von hier entfernt. Allerdings lässt sich der genaue Absturzort nur auf zehntausend Quadratkilometer lokalisieren.«

Suzie Quang besah sich die Daten auf dem Monitor und nickte dann. »In Ordnung, wir sollten keine Zeit verlieren. Caren, wie sieht es mit einer Verbindung zur VIANA aus?«

Die Holländerin beugte sich über ihre Instrumente und ließ die Finger über die Tasten fliegen. Sie setzte zu einem Kopfschütteln an, vollendete die Bewegung jedoch nicht und ließ einen erstaunten Ausruf vernehmen.

»Da soll mich doch einer …«

»Probleme?«

»Die VIANA antwortet noch immer nicht«, teilte Caren mit. »Dafür empfange ich das Signal einer HTO-Kommunikationsboje. Anscheinend hat Seymour nicht viel auf deine Anweisungen gegeben.«

Suzie beugte sich über Carens Schulter, um sich von der Behauptung ihrer Pilotin mit eigenen Augen zu überzeugen. Tatsächlich schwang auf dem Bildschirm die feine Amplitude eines regelmäßigen Signals auf den Frequenzen der HTO. Suzie konnte sich nicht vorstellen, dass Seymour sich ihren Befehlen widersetzte, nur weil sie gegenwärtig den Kontakt verloren hatten. Es musste schon äußerst dringend sein, wenn er zu diesen Maßnahmen griff.

»Und wir bekommen trotz der Boje keine Verbindung?« vergewisserte sich die Kommandantin.

Nun schüttelte Caren doch den Kopf. Sie probierte ein gutes Dutzend Frequenzen durch und sandte ein Signal über die Boje im Orbit. Die Sensorenanalyse bestätigte ihr, dass ihr Ruf hinaus ging, dennoch antwortete die VIANA nicht.

»Es liegt weder an uns, noch an der Boje oder der Entfernung zur VIANA«, behauptete Caren. »Die Kom-Anlage der VIANA muss ausgefallen sein.«

»Ich hab ein ungutes Gefühl bei der Sache«, sagte Suzie leise. »Seymour hat die Boje gestartet, weil er uns *unbedingt* erreichen will.«

»Du meinst, sie haben Probleme?«

»Möglich.«

»Sollen wir umkehren?«

Ein Räuspern ließ die beiden verstummen. Raven Galway und Doguhan Yildirim waren hinter sie getreten und hatten ihr Gespräch offenbar mitverfolgt. Suzie war nicht erpicht darauf, eine Panik unter ihren Besatzungsmitgliedern aufkommen zu lassen.

»Captain, wir sollten uns mit der Bergung des Xentrox-Antriebs beeilen«, riet Yildirim. »Womöglich versucht Seymour, mit uns in Kontakt zu treten, um uns vor feindlichen Aktivitäten zu warnen. Vielleicht sind die K'inga zurückgekehrt und nähern sich Othans Orbit. Wenn wir nicht schnell handeln, könnte die gesamte Mission verloren sein.«

»Die Sicherheit unserer Besatzung und des Schiffes geht vor«, erinnerte Suzie den Bergungsingenieur an die Statuten der HTO-Corporation.

»Doguhan hat Recht«, mischte sich Raven Galway ein. »Wir verlieren zu viel Zeit, wenn wir jetzt erst zur VIANA zurück kehren.«

»Das mag sein. Dennoch müssen wir wissen, was an Bord unseres Schiffes nicht stimmt.«

»Nur weil der Funkverkehr ausgefallen ist?« fragte Yildirim. »Das kann doch alle möglichen Ursachen haben. Wir sollten uns deswegen nicht ins Bockshorn jagen lassen.«

»Mein Entschluss steht fest«, beharrte Suzie. »Wir sehen bei der VIANA nach dem Rechten.«

»Jemand sollte beim K'inga-Beiboot zurück bleiben«, warf Raven Galway ein.

Suzie dachte kurz nach. Natürlich wollte sie ihren Fund nicht schutzlos zurück lassen, aber wenn es tatsächlich beim Landeplatz der VIANA einen Notfall gab, konnten sie gezwungen sein mit einem

Blitzstart von Othan zu fliehen. Wer immer das Beiboot bewachte, würde hier zurückbleiben müssen.

Suzie wollte gerade ihren Einwand vorbringen, als ein Senderuf in der Kom-Anlage ertönte.

»Es ist die VIANA!« stieß Caren ungläubig hervor.

»Schnell!« rief Suzie.

Caren versuchte das Gespräch anzunehmen, musste jedoch feststellen, dass es sich um eine einmalige Sendung handelte, die über die Kom-Boje abgestrahlt wurde. Aus den Lautsprechern drang Seymour Ts. Stimme.

»VIANA an WEKAGE. Hier spricht Seymour. Wir haben momentan massive Probleme mit der Funkanlage und mussten daher die Boje in den Orbit bringen. Linnéa und ich arbeiten bereits an der Reparatur. Die Störungen werden in ein paar Stunden behoben sein. Bis dahin halten wir Funkstille. Viel Glück bei eurer Suche. VIANA Ende.«

»Na bitte«, kommentierte Doguhan Yildirim. »Viel Lärm um nichts.«

Caren warf ihm einen zornigen Blick zu.

Ihr lag eine bissige Erwiderung auf den Lippen, doch sie schluckte sie hinunter, als Suzie ihr beschwichtigend eine Hand auf den Arm legte.

»Na schön«, murmelte die Kommandantin dann und sah zu den beiden Bergungsingenieuren hinüber. »Scheint, als hätten Sie gewonnen. Setzen Sie eine Sonde mit Peilungssignal aus, damit wir das K'inga-Boot später wieder finden. Wir fliegen zu den Koordinaten der abgestürzten TORRG.«

Während Raven Galway scheinbar gleichgültig drein blickte, stahl sich ein breites Grinsen auf Yildirims Lippen.

Der Türke klappte das Visier seines Helmes zu und begab sich noch einmal nach draußen in die Eiseskälte, um die Sonde zu platzieren. Als er zurückgekehrt war, startete Caren die WEKAGE in den dunklen Nachthimmel Othans und nahm Kurs auf die aus dem K'inga-Boot erhaltenen Koordinaten.

DER BERICHT DES SIEBENBEINERS:

Kiin ... meine Heimat ... eine flache Welt, kaum Gebirge ... der mächtige Droon-Tempel ...
Ich warte im Schatten der mächtigen Tempelmauern. Der Himmel ist grün und wolkenlos ...
Neben mir ...
... mein Clan-Gefährte Reta-Guu. Wir warten. Wir warten im Angesicht des Tempels. Möge der Droon uns gnädig sein ...
Ich wende meine Sehorgane von den Mauern, blicke in die Ferne. Ehrfurcht überkommt mich jedes Mal in der Nähe des Tempels. Ehrfurcht und ... Furcht! Furcht vor den Grossen, vor den Ewigen ... dem Gott Droon, unserem Gebieter, dem Herrn der Angst.
Aber auch dem Garanten der Ordnung.
Eine Ambivalenz, die nicht auflösbar ist, wie unsere Gelehrten sagen.
»Wann wird er kommen?« fragt Reta-Guu und fährt seinen Gill noch ein Stückchen heraus. So als gelänge es ihm damit, noch weiter sehen zu können, bis zu den sanften Hügeln vielleicht oder noch weiter. »Ich bin des Wartens überdrüssig.«
»Das geht mir nicht anders«, erwidere ich.
Wir warten auf unseren Teger, den Chef unseres Clans. Gemeinsam mit ihm wollen wir in den Tempel gehen, um die Xaraf-Zeremonie durchzuführen. Es steht dem Teger zu, uns warten zu lassen. Er ist der Clan-Chef.
Wir sehen zu den Hügeln hinüber.
Ein Ding taucht am Horizont auf. Es fliegt. Weder Reta-Guu noch ich wissen genau, was es ist. Vielleicht eines der Sternenschiffe, wie die Außenweltler sie benutzen. Ich starre auf das fliegende Ding, das die Form eines Ovals besitzt. Die Größe ist schwer abschätzbar. Das Ding kommt näher, scheint größer zu werden. So groß beinahe, wie der Tempel des Droon selbst ...
»Nur weg hier!« sagt Reta-Guu.
Aber es ist zu spät ... viel zu spät ... nein ... viel zu spät ...

»Abbrechen«, verlangte Shalyn Shan plötzlich. »Der Siebenbeiner verspürt einen ungewöhnlich hohen Angststress. Eine diffuse Empfindung, aber es muss etwas sein, was für ihn absolut außergewöhnlich ist.«

»Die Körperfunktionen befinden sich allerdings noch im akzeptablen Bereich«, widersprach Vanessa.

»Weißt du so gut über die physiologischen Parameter der Siebenbeiner Bescheid, dass du das zweifelsfrei beurteilen kannst?«

»Bei einem Abbruch der Mentalspürer-Messung kann es allerdings ebenso zu Komplikationen kommen.«

»So?«

»In der Testphase des Gerätes wurden bei Humanoiden teilweise Schockreaktionen festgestellt.«

»Na, großartig!«

»Behalte die Nerven, Shalyn!«

»Du musst auch nicht die Emotionen des armen Kerls aushalten!«

Bei dem ovalförmigen Flugkörper öffnet sich eine Klappe.
Dahinter herrscht gleißendes Licht.
Licht so grell, so …
Man muss die Sehorgane schützen, so hell …
Das Licht schießt heraus. Ein Strahl erfasst uns.
»Reta-Guu!« stoße ich hervor, aber meinem Gefährten geht es nicht anders.
Droon! Warum schützt Droon uns nicht vor dem Übel?
Wir können uns nicht bewegen, schweben empor, höher, immer höher … höher, als der Luftstrom unserer sieben Dreter uns normalerweise emporhieven könnte.
Wir schweben über die Zinnen des Tempels, auf die Öffnung in dem ovalförmigen Ding zu.
Dabei sind wir vollkommen bewegungsunfähig.

Nicht die geringste Bewegung ist möglich. Selbst die Augen lassen sich nicht mehr justieren. Angst steigt auf. Namenloses Entsetzen. Die Stoffwechselfunktionen erhöhen sich, werden rasend … was geht hier vor …?
Dann befinde ich mich im Inneren des fliegenden Dinges. Reta-Guu! Wo ist er …? Ich habe ihn verloren, weiß nicht, wo er geblieben ist. Meine Sehorgane scheinen nicht mehr richtig zu funktionieren. Alles sieht aus wie hinter einer Wand aus Nebel, undeutlich, verschwommen … So wie die Gestalten der fremden Wesen, die das fliegende Ding beherrschen. Sie berühren mich. Sie setzen technische Apparaturen an meinen Körper. Die Panik steigt weiter, ein Gefühl der Ohnmacht und des schlimmsten Entsetzens. Wo bin ich? In den Gefilden des Jenseits? Ist es eine Strafe des Droon für meine Verfehlungen? Ja, das muss es sein. Welche andere Erklärung könnte es geben. Aber habe ich mich nicht immer bemüht, die Gesetze meiner Gottheit zu erfüllen? Habe ich nicht immer meinem Clan und meinem Teger treu gedient … Warum nur?

»Gibt es irgendeine Möglichkeit ihn aus dieser Gedankenschleife herauszuholen?« fragte Jörn Callaghan.

Shalyn schüttelte den Kopf.

»Nein, aber er steigert sich immer weiter in seine religiösen Vorstellungen hinein …«

Die Sprachausgabe von Kip spulte indessen den Wortschwall des Siebenbeiners herunter. Zumindest soweit man die Äußerungen dieser anorganischen Lebensform ins Interstar übersetzen konnte. Gewisse Lücken waren da nicht zu vermeiden. Manches ließ sich einfach nicht adäquat aus der Vorstellungswelt dieses Wesens übertragen.

Die Siebenbeiner lebten in Clans zusammen. Teger war die Bezeichnung des Clanschefs. Kiin nannten die Siebenbeiner ihren eigenen Planeten. Gill war der lange, ausfahrbare Hals, und mit Dreter bezeichneten sie die sieben Beine, die ihnen die Bezeichnung *Siebenbeiner* eingebracht hatten.

Weiter wusste die PROMET-Crew, dass die Schwerkraft des Planeten Kiin – Seven-bones – 0,69 g betrug, obwohl der fünfte Planet der Sonne Ataïr nur ein Zehntel kleiner war als Terra. Fernerhin, dass das kurze Leben der Siebenbeiner etwa drei Kiin-Sommer lang währte, was umgerechnet höchstens achtzehn Jahren entsprach.

»Ich kann versuchen, ihn durch gezielte Impulse wieder auf das Geschehen an sich zu lenken«, meinte Vanessa, die die Kontrollen des Mentalspürers bediente. »Allerdings ist es fraglich, ob er so reagiert, wie es in der Bedienungsanleitung steht … Schließlich gibt es ja ein paar kleinere und größere Unterschiede zwischen der Gehirnstruktur eines Menschen und der eines Siebenbeiners …«

Schwärze umgibt mich. Ich bin allein. Ich weiß nicht, wie viel Zeit vergeht. Ich habe das Gefühl, bereits eine Ewigkeit im freien Raum zu schweben. Was ist geschehen? Wo sind die Wesen, die mich in das Ding hineingeholt haben?
Und wo ist Reta-Guu, mein Gefährte, mit dem zusammen ich auf den Teger wartete?
Die Zeit vergeht …
So dunkel …
Verdammt zur Starre …
Keine Bewegung …
Bewegungslosigkeit ist der Tod, so sagen die Gelehrten im Tempel. Und vielleicht bin ich das schon. Tot. Tot und blind. Blind wie das Pflanzengeflecht auf Kiin, von dem unsere Gelehrten sich streiten, ob es dem Leben wirklich zuzurechnen ist.
Dann das Licht.
Grelles Licht. Meine Sehorgane, von denen ich schon nicht mehr wusste, ob sie überhaupt existieren, sehen zunächst nichts weiter, als dieses Licht und müssen sich erst daran gewöhnen.
»Tana-Saa!«
Mein Name.
Langsam nur dringt die Erkenntnis in mein Bewusstsein, wer ihn von sich gegeben hat.

»Tana-Saa!«

Nein, es ist keine Täuschung. Meine akustischen Organe haben mich nicht getrogen.

»Reta-Guu!«

Meine Augen gewöhnen sich an das grelle Licht. Ich sehe die Gestalt meines Gefährten, er ist unversehrt. Ich überprüfe die Bewegungsfunktionen meiner sieben Dreter, stelle fest, dass ihnen nichts fehlt. Ich kann mich wieder bewegen, schwebe etwas empor.

Ist das die Existenz in den Gefilden des Jenseits, von denen die Gelehrten sprechen? Oder bin ich am Ort der ewigen Verdammnis, um für die Sünden gegenüber dem Gott Droon zu büßen? Die Unsicherheit über die Beantwortung dieser Frage tritt für einen Moment in den Hintergrund.

Ich blicke mich um, registriere, dass Reta-Guu und ich nicht allein in diesem absolut kahlen Raum sind, der scheinbar keinen Ausgang besitzt.

Der Raum ist sehr groß. Nicht so groß, wie eine Tempelhalle, aber viel größer als jedes andere Gebäude meiner Heimat.

Ich sehe eine Reihe von Angehörigen verschiedener Außenwelt-Völker. Bizarre Formen weisen sie zum Teil auf.

»Hallo, Siebenbein!« spricht mich einer von ihnen an. Er sieht aus wie ein … – der Translator benötigte einige Sekunden, bis er einen passenden Begriff fand – Humanoide, ist aber viel kleiner. Ich kenne seine Art nicht, wundere mich nur darüber, dass ich seine Worte verstehen kann. »Sieh zu, dass du deine Düsen nicht so stark einstellst, das zieht hier sonst!« Der … Humanoide stößt einige glucksende Laute aus.

»Wir sprechen plötzlich Interstar«, sagt mein Gefährte Reta-Guu. »Die Sprache der Außenweltler. Aber bevor man uns in dieses fliegende Ding hineinholte, konnte ich kein Wort davon.«

»Ich auch nicht«, erklärt ein reptilienhaftes Wesen, das sich dauernd mit den schuppigen Krallen in den gewaltigen Zähnen herumbohrte. »Ich nehme an, dass man uns einer Hypnoschulung unterzogen hat.«

»Was soll das sein?« frage ich.

Der Reptiloide schmatzt laut. »Ich weiß nicht, ob es sich lohnt, einem Primitivling wie dir das zu erklären ...« Er stößt ein paar gurrende Laute aus. »Ich hoffe dein Gehirn ist nicht in der kleinen roten Kugel an deinem Hals untergebracht, sonst ist es nämlich verdammt klein ...«

7.

Der Funkspruch hallte durch das gesamte Schiff. Als Alexander Berghaus die Worte vernahm, zuckte er erschrocken zusammen.

»Das darf doch wohl nicht wahr sein«, knurrte er. Deutlich hatte er Seymour T.s Stimme gehört, die eine Nachricht zur WEKAGE abstrahlte. Warum hatte der Schwachkopf nur die Probleme mit der Funkanlage erwähnt, aber den Ausfall von zwei Besatzungsmitgliedern einfach unter den Teppich gekehrt?

Wollte er die Kommandantin nur nicht beunruhigen, oder sollte sich Berghaus' Verdacht, dass T. hinter den Anschlägen stand, doch bestätigen?

Der Arzt sah auf seine beiden Patienten hinab, die noch immer bewusstlos waren. Er hatte Townsends komatösen Zustand stabilisieren und in einen tiefen Schlaf umwandeln können. Linnéa hielt er ebenfalls in einem medizinischen Kunstschlaf gefangen, damit sie sich regenerieren konnte. Atemfrequenz und Puls gingen gleichmäßig. Die beiden würden durchkommen und mit ein wenig Glück ohne bleibende Schäden von der Krankenstation entlassen werden können.

Später. Erst brauchten sie Ruhe.

Berghaus hatte von Anfang an nicht an einen Unfall geglaubt, als Townsend bei ihm eingeliefert worden war. Die erste Blutuntersuchung hatte noch Restspuren des schnell wirkenden und sich rasch verflüchtigenden Gifts geliefert. Eine künstliche Substanz, die auf der Erde für Attentate in chemischen Labors hergestellt wurde und des öfteren bereits von der Gaia-Front verwendet worden war.

Irgendjemand hatte das Gift im Nahrungsspender deponiert. Zwar hatte Berghaus die Medostation aus Sicherheitsgründen nicht verlassen, um die Nahrungsmittel zu analysieren und das Gift zu lokalisieren, doch da sie während ihres Flugs bereits alle gegessen oder getrunken hatten, vermutete er, dass die Substanz in einer Phiole verborgen war, die auf irgendeine Art und Weise erst nach einer bestimmten Zeit geöffnet worden war. Er erinnerte sich an das Zeitschloss, das Seymour T. bei den Kommunikationsverbindungen der Funk-Z gefunden haben wollte.

Wahrscheinlich hat er es selbst dort angebracht, dachte Berghaus, *und Linnéa dabei verletzt.*

Es hätte auch anders ausgehen können. Die Schwedin hatte pures Glück gehabt, nicht schwerere Verbrennungen davongetragen zu haben. Die Prellungen, die sie sich beim Aufprall auf die Wand zugezogen hatte, waren in diesem Fall zu vernachlässigen.

Der Arzt vergewisserte sich nochmals, dass die beiden Schlafenden bestens versorgt waren, klaubte dann den Nadelstrahler vom Besteckpult auf und verließ die Station. Nach T.s Funkspruch war von der Kommandantin sicherlich keine Hilfe mehr zu erwarten. Er musste den Filipino auf eigene Faust zur Rede stellen.

Warum nur? fragte sich Berghaus. Er kannte Seymour schon seit Beginn seiner Dienstzeit auf der VIANA. Quang vertraute dem Filipino blind und würde jederzeit ihre Hand für ihn ins Feuer legen. Warum aber enttäuschte er sie jetzt und entpuppte sich als Verräter?

Mit der bohrenden Frage im Kopf suchte Alexander Berghaus den Hangar auf. Wenn die Funkanlage der VIANA wirklich sabotiert worden war, wie Seymour behauptete, dann hatte er nur über das T-Boot die Möglichkeit, Kontakt zum Außenteam aufzunehmen.

Im Hangar war es zunächst ruhig. Die Schleuse zur NEW CANADA war verschlossen. Berghaus verharrte für einen Moment am Eingang der Halle. Schließlich gab er sich einen Ruck, umfasste den Griff des Stunners fester und ging zum T-Boot hinüber. Wie alle Besatzungsmitglieder eines HTO-Raumschiffs war er an Handfeuerwaffen zur Selbstverteidigung ausgebildet – er hatte jedoch noch nie scharf auf jemanden geschossen. Und ein Held war er im Grunde auch nicht – jedenfalls nicht jenseits eines OP-Tisches. Allein die Wut der Verzweiflung trieb den Arzt voran.

Er erreichte die Schleuse zur NEW CANADA, und ehe er es sich anders überlegen konnte, drückte seine Hand wie automatisch auf das Schaltpaneel. Eine Warnlampe blinkte auf. Sie zeigte an, dass das innere Schott geöffnet war. Da im Hangar und in der Schleusenkammer gleiche Druck- und Atmosphärenverhältnisse herrschten, ließ sich das Außenschott mittels einer Überbrückung öffnen. Summend glitt die schwere Tür in die Fugen zurück.

Berghaus' Schusshand zuckte vor. Sein Zeigefinger krümmte sich fast krampfhaft um den Abzug. Vor Schreck hätte er beinahe wirklich geschossen.

»Grundgütiger!« entfuhr es ihm, als er den reglosen Körper Seymours in der Schleusenkammer liegen sah. Sein Blick fand den Stunner, der auf der gegenüberliegenden Seite auf dem Boden lag. In der Wand war eine provisorische Halterung angebracht, aus der die Waffe nach dem Abfeuern gefallen sein musste.

Berghaus sprang in den Schleusenraum. Alle Vorsicht fallen lassend steckte er seinen Stunner ein und beugte sich über den Bordingenieur. Beruhigt atmete er auf, als er feststellte, dass Seymour nur bewusstlos war. Wer immer der Reihe nach die Crew dezimierte, dem schien nicht daran gelegen zu sein, die Leute umzubringen. Ihm reichte es offenbar, sie kurzfristig kampfunfähig zu machen.

Ihm … oder ihr, sinnierte Alexander Berghaus, während er über Interkom einen Roboter mit Antigravtrage anforderte. Keine fünf Minuten darauf schwebten die Maschine und die Trage durch die Schleuse. Zusammen mit dem Robot hievte Berghaus den Bewusstlosen hoch und ließ ihn in die Krankenstation bringen.

Bevor er selbst sein Reich an Bord der VIANA aufsuchte, trat Berghaus über die Schwelle der inneren Schleuse und hob den anderen Stunner auf. Er war kein Experte in Bezug auf Waffen, sah aber sofort, dass der Täter schlampige Arbeit beim Anbringen des Stunners geleistet hatte. Die Halterung war scheinbar in aller Eile in der Wand eingehakt worden. Der leichte, energetisch bedingte Rückstoß beim Abfeuern der Waffe musste ausgereicht haben, um sie aus dem Provisorium fallen zu lassen.

Alexander Berghaus kehrte zur Krankenstation zurück, verarztete die Prellungen und Verbrennungen Seymours und widmete sich dann der Betäubungswaffe. In dem Moment wünschte er sich, über mehr technische Kenntnisse zu verfügen. So blieben ihm lediglich medizinische Mittel zur genaueren Untersuchung übrig.

Ein Medoscanner fand genetische Rückstände am Griff der Waffe. Berghaus entnahm mikroskopisch kleine Proben und führte eine

DNA-Analyse durch. Nachdenklich betrachtete er die holografische Darstellung des genetischen Strangs und übertrug ihn in die Datenbank der Bordtronik.

»Vergleich der eben eingegebenen Daten mit den DNA-Mustern von HTO-Angestellten«, forderte er den Rechner auf.

Als das Ergebnis über einen der Monitore auf dem Arbeitstisch des Doktors flimmerte, stockte Berghaus der Atem.

»Unfassbar!« war alles, was er in diesem Moment noch heraus brachte.

»Die Erinnerungen des Siebenbeiners brechen hier ab«, stellte Vanessa Modesta fest, während sie angestrengt auf die Anzeigen blickte.

»Gibt es einen Grund dafür?« fragte Callaghan.

»Wir können nur spekulieren. Möglicherweise ist etwas geschehen, was den Siebenbeiner dermaßen verwirrte, dass eine partielle Amnesie eintrat. Wir kennen derartige Phänomene ja auch bei Humanoiden.«

Anake Takagawa machte ein nachdenkliches Gesicht.

»Was könnten das für Wesen sein, die den Siebenbeiner an Bord holten«, murmelte er.

Callaghan hob die Augenbrauen. »Wir wissen, dass die Gefangenen anschließend hier, auf dieser Station gelandet sind …«

»Das sagt immer noch nichts über den Zweck, der die Unbekannten dazu veranlasste, sie von verschiedenen Herkunftsplaneten gewissermaßen einzusammeln«, gab Anake zu bedenken. »Gibt es irgendeine Möglichkeit, die Erinnerungen des Siebenbeiners zu rekonstruieren? Vielleicht kann man ihn durch gezielte Impulse dazu animieren …«

»Nein«, unterbrach ihn Vanessa in einem schneidenden Tonfall, der keinerlei Widerspruch duldete. »Das lehne ich aus ärztlicher Sicht vollkommen ab. Wir brächten damit den Siebenbeiner in erhebliche Gefahr.«

Callaghan stemmte die Arme in die Hüften. »Sieht ganz nach einer Sackgasse aus, in der wir uns befinden.«

»Cy könnte die Datenspeicher noch mal checken«, schlug Hagen vor.

»Hat er doch«, gab Shalyn zu bedenken.

»Ein Einloggen war nicht möglich«, sagte Cy. »Vermutlich ist der Stationsrechner komplett zerstört – bis auf Einzelkomponenten, die relativ abgeschottet waren, wie den internen Rechner der noch in Betrieb befindlichen Kryokammer.«

»Ich spreche nicht von dem Stationsrechner«, meinte Hagen. »Ich meine die Speicher in dem havarierten Abfangjäger. Möglicherweise ist noch ein Teil davon intakt.«

»Das wäre tatsächlich möglich«, gab Cy zu.

Das Licht des Weißen Zwergs kroch langsam aber beständig über den Horizont. Seine Wärme vermochte nicht den Schnee auf der Oberfläche zu schmelzen, tauchte ihn dafür aber in einen eigenartigen Glanz, der für einen Moment in den Augen der Betrachter einen prachtvollen Anblick hinterließ.

Das Bild hätte von jeder x-beliebigen Postkarte eines Ski-Paradieses stammen können. Eisbedeckte Gletscher, steile Hänge und ein strahlend blauer Himmel, an dem nur vereinzelt Wolken vorbeizogen.

Suzie Quang löste ihren Blick von der scheinbaren landschaftlichen Idylle.

Der Schein trog – wie so oft. Ihre Augen wanderten zu der Temperaturanzeige. Draußen herrschten mittlerweile zwanzig Grad unter Null.

Die Kälte würde auch jeden Ski-Urlauber in die Flucht treiben. Und mit dem Wissen, dass es sich bei Othan um eine sterbende Welt handelte, verschwendete auch kein Geschäftsmann einen Gedanken daran, hier ein Touristikzentrum zu errichten.

Neben Suzie reckte sich Caren tenMay in ihrem Sessel und gähnte freizügig. Sie waren den Rest der Nacht durchgeflogen. Suzie und die Holländerin hatten abwechselnd geschlafen und das Steuer der WEKAGE übernommen. Auf den hinteren Passagiersitzen dösten Galway und Yildirim.

»Oh, Sonnenaufgang«, kommentierte Caren blinzelnd, als sie auf die Sichtschirme sah, deren Bildauflösung leicht gedimmt war, um den Anblick für menschliche Augen erträglich zu machen.

Die WEKAGE bremste ab. Ein tiefes Brummen erfüllte das N-Boot, als der Gravopulsantrieb verlangsamte.

»Du bist gerade zur richtigen Zeit wach geworden«, sagte Suzie und drückte eine Taste, woraufhin ein leiser, aber durchdringender Alarmton im Boot aufklang. Die beiden Bergungsingenieure erwachten aus ihrem Schlummer.

»Zur richtigen Zeit?« fragte Doguhan Yildirim und rieb sich dabei müde die Augen. Er beugte sich vor und versuchte zwischen den Schultern Quangs und tenMays einen Blick auf den Frontschirm zu erhaschen, doch alles, was er draußen entdeckte, war das weiße Schneemeer.

»Frühstück?« fragte er daher vorsichtig nach.

Suzie schmunzelte. Statt einer Antwort glitten ihre Finger über die Tastatur an der Steuerkonsole. Im oberen Bereich des Frontschirms vergrößerte sich ein Bildausschnitt. Eine Zahlenkolonne flimmerte in bläulichen Lettern über das Display. Während Doguhan noch über den Inhalt rätselte, grinste Caren tenMay plötzlich breit und bat darum, wieder das Steuer übernehmen zu dürfen.

»Scheint ja eine gute Nachricht zu sein«, murmelte der Türke, immer noch verständnislos auf die Werte auf dem Schirm blickend. Sein Fachgebiet war das Bergen von havarierten Objekten und der Umgang mit Antigrav-Einheiten. Von Koordinaten oder Ortungen hatte er nicht den blassesten Schimmer. Inzwischen hatte die Zahlenkolonne auch Raven Galways Interesse geweckt, doch sie schien sie genauso wenig deuten zu können wie Yildirim.

»Die Sensoren haben versprengte Metallfragmente aufgespürt«, lüftete Suzie Quang schließlich das Rätsel. »Mit ein wenig Glück gehören sie zum Wrack der TORRG.«

Caren nahm die Peilung auf und ließ das Boot sinken. In nur knapp einhundert Metern Höhe überflog die WEKAGE einen tannenähnlichen Wald, der jäh vor einer Schlucht endete. Eine Schar von schwangroßen Vögeln stieg Flügel peitschend aus den Wipfeln empor und wäre um ein Haar mit dem N-Boot zusammengestoßen. Caren riss das Steuer herum. Die WEKAGE ging in Schräglage und sackte kurz durch. Ihr Rumpf berührte die Baumkronen. Es gab einen leichten Ruck, dann hatte die Holländerin wieder alles unter Kontrolle.

Suzie verrenkte sich halb den Hals, als sie nach hinten blickte, um den Vogelschwarm auf dem Rundumdisplay zu beobachten, doch die Tiere waren anscheinend wieder im Wald abgetaucht. Sie mussten durch das tiefe Vibrieren des Gravopuls aufgeschreckt worden sein.

»Komm jetzt bitte nicht auf die Idee, dass du die Vogelwelt Othans genauer unter die Lupe nehmen willst«, raunte Caren der Kommandantin zu, als sie den wehmütigen Blick Suzies erkannte. Jenen Blick, der wohl in jedem Captain der HTO irgendwo schlummerte: Der Forscherdrang, der sie überhaupt erst für diesen Job qualifizierte.

»Ich kann nicht widerstehen«, gab Suzie vollkommen ernst zurück und erntete dafür einen verwunderten Blick ihrer Pilotin. Doch dann zwinkerte sie und grinste.

»Für einen Moment hab ich's dir fast abgenommen«, sagte Caren und lenkte die WEKAGE in die Schlucht hinein.

Die Daten kamen nun schneller herein als die Insassen des N-Bootes sie auswerten konnten. Die Tronik brachte das Ergebnis auf einen Nenner: Vor ihnen lag die havarierte TORRG.

Caren dirigierte die WEKAGE über die Absturzstelle in der Schlucht hinweg und hielt nach einem geeigneten Landeplatz Ausschau. Der 360-Grad-Schirm des Cockpits zeigte mittlerweile die Trümmerstücke des abgestürzten Schiffes. Hier und dort lagen größere Außenwandplatten, teilweise waren sie stark zugeschneit, so dass Suzie Quang vermutete, einen großen Teil unter der Schneedecke vorzufinden.

»Wie wäre es mit dort drüben?« schlug die Kommandantin vor.

Caren schüttelte den Kopf und deutete auf die Messdaten auf dem Schirm. Weitere Metallortungen wiesen auf größere Wrackteile hinter einem Hügelkamm hin.

Die WEKAGE beschleunigte kurz und verharrte dann oben auf der Anhöhe. Dahinter lag ein gähnender Krater, den der 125 Meter lange K'inga-Koloss in den Fels geschlagen hatte. Eis und Schnee hatten die vor ein paar Wochen freigelegten Felsen bereits wieder mit einer weißen Schicht überzogen, doch das große Rumpfstück, das wie ein Mahnmal einige *Stahlfinger* in den klaren Himmel reckte, war weitgehend schneefrei geblieben.

Und unversehrt.

Zumindest schien es so. Von der ursprünglichen Muschelform des Raumers war nichts mehr zu erkennen. Dennoch war ein großer Teil des inneren Rumpfes beim Aufprall nicht in tausend Teile zerplatzt, wie die Besatzung der VIANA es vermutet hatte.

Suzies Finger begannen wie fieberhaft auf den Kontrollen herumzutippen. Alle Sensoren und Scanner sammelten die Daten und überließen der Bordtronik die Auswertung.

»Das nenne ich einen Glückstreffer!« entfuhr es Suzie.

Caren lehnte sich zu ihr hinüber, um die Ergebnisse ablesen zu können und pfiff anerkennend durch die Zähne.

»Der Maschinenraum?« versuchte es Doguhan Yildirim mit einem Schuss ins Blaue.

»Die Chancen standen eins zu tausend, dass überhaupt irgendetwas den Absturz unbeschadet übersteht«, erwiderte Suzie nachdenklich. »Der Maschinenraum muss in einem besonders starken Druckkörper innerhalb des Schiffes untergebracht sein.«

»Vielleicht hängt das mit der Antriebskonstruktion zusammen«, überlegte Caren. Ohne einen Befehl abzuwarten flog sie die WEKAGE um das große Wrackteil der TORRG herum und entdeckte einen geeigneten Landeplatz auf der anderen Seite.

Keine zehn Minuten später befanden sich Suzie Quang, Raven Galway und Doguhan Yildirim im Innern der TORRG. Sie hatten in der Außenhülle einige Schleusen entdeckt, die jedoch ohne funktionierende Elektronik nicht zu öffnen waren. Manuelle Notschalter gab es zwar, doch die waren allesamt abgebrochen oder hingen als erkaltete Schlackehäufchen in ihren Fugen. Suzie war schon geneigt, Raven Galways Vorschlag, ein Loch in die Außenwand zu sprengen, zuzustimmen, als Doguhan Yildirim ein klaffendes Loch in Bodennähe entdeckte.

Das Licht des aufgehenden weißen Zwergs fiel durch die Öffnung und half den HTO-Forschern, sich zu orientieren. Sie hatten weiteres Glück. Das abgesprengte Schiffssegment war nahezu waagerecht auf Othans Oberfläche aufgeschlagen. Suzie und die beiden

Ingenieure konnten sich aufrecht durch die vorgegebenen Korridore der TORRG bewegen. Dennoch bot das Schiff auch im Inneren einen desolaten Anblick. Wände waren eingerissen, Risse und meterbreite Spalten taten sich im Boden auf, zerborstene Beleuchtungskörper hingen lose von der Decke.

»Sie hat ganz schön was abgekriegt«, kommentierte Doguhan Yildirim.

»Was erwarten Sie nach so einem Crash?« gab Suzie Quang zurück.

Galway schritt voran, peinlich darauf bedacht, den scharfen Kanten von aufgeplatztem Wandmaterial auszuweichen. Sie hatte eine schwache Energiesignatur registriert, die nur Antriebsaggregaten gehören konnte. Sie nahmen eine Abzweigung nach rechts und waren gezwungen, sich mehr Licht durch die Helmscheinwerfer zu verschaffen. Der Korridor mündete vor einem großen Doppelschott – oder vielmehr dem, was davon übrig geblieben war. Die Metallmasse hatte zwei K'inga unter sich begraben. Aufgrund der Kälte, die im Innenbereich des Schiffes herrschte, waren ihre Leichen gut konserviert und zeigten noch keine Anzeichen von Verwesung.

Raven schritt über die Toten hinweg und beachtete sie nicht weiter. Hinter dem zerstörten Schott lag der Hauptmaschinenraum – das Herz des Xentrox-Antriebs.

Yildirim kniete neben den Leichnamen nieder und fuhr ihnen mit der behandschuhten Hand über ihre Augen, um die Lider zu schließen. Doch sie waren bereits zu sehr erstarrt und durch die Kälte halb festgefroren, so dass er seine Bemühungen rasch aufgab.

»Ich denke, wir sind am Ziel«, sagte Raven Galway. Sie hatte sich bereits bis zur Mitte des Raumes vorgewagt und deutete auf das Kernstück. Ein kolbenförmiges Aggregat ruhte auf einem gewaltigen Sockel. Rundherum waren elf Zylinder angebracht, die wiederum jeweils eine Art Spindel beherbergten. Oben ragten gerissene Zuleitungen aus dem Sockel, dahinter lag ein Schacht, der zu den eigentlichen Triebwerkhüllen geführt haben musste, doch dort herrschte nun nur noch gähnende Leere.

»Die Triebwerke können wir vergessen«, sprach Raven Galway aus, was sie alle dachten. Aber sie hatten auch nicht damit gerechnet, den kompletten Antrieb bergen zu können. Es genügte vollkommen, wenn sie das Kernstück bargen, das für die Energieproduktion und –verteilung sorgte.

Wenn die HTO-Wissenschaftler auf Terra erst einmal das Funktionsprinzip enträtselt hatten, dürfte es keine größeren Schwierigkeiten geben, den Xentrox-Antrieb in irgendeiner Weise nachzubauen, oder ihn vielleicht sogar mit dem gängigen Borul-Antrieb zu kombinieren oder zu verbessern.

»Ich kann nicht dafür garantieren, dass der Antrieb überhaupt noch funktionstüchtig ist«, sagte Raven Galway und deutete auf die vollkommen zerstörten und ausgebrannten Zuleitungen. Auch der zwölf Meter hohe und knapp acht Meter breite Kolben selbst wies Sprünge im Material auf. Teilweise waren Abdeckplatten abgeplatzt und offenbarten Ausschnitte des Innenlebens des Antriebsaggregats.

»Damit werden sich unsere klugen Köpfe auf Terra oder in der Asteroidenwerft auseinander setzen müssen.«

»Oder auf Luna ...«

Niemand reagierte auf die leise gesprochenen Worte, die über den Helmfunk kamen. Es verstrichen zwei, drei wertvolle Sekunden, ehe in Suzie Quang ein Verdacht aufkeimte, doch als sie hochsah, war es bereits zu spät. Sie starrte direkt in die Mündung eines Blasters.

»Sie?«

Purer Unglaube schwang in der Stimme der Kommandantin mit.

Doguhan Yildirim krächzte auf, als er die Situation erfasste, jedoch nicht begreifen konnte. Fassungslos sah er, wie Raven Galway ihren Captain mit einer Waffe bedrohte.

»Ca ... Caren tenMay«, stieß der Türke hervor.

Im selben Moment richtete sich die Blastermündung auf ihn. Ein gleißender Blitz fuhr durch das Halbdunkel an ihm vorbei. Hinter ihm barst etwas in einem Funkenregen. Yildirim zuckte erschrocken zusammen und stierte mit geweiteten Augen die Waffe in Galways Händen an.

»Versuch das noch mal und der nächste Schuss wird deine Eingeweide verdampfen«, fauchte die Irin. Gleichzeitig hob sie ihre Linke, so dass Yildirim und Quang den kleinen Störsender erkennen konnten, der ihren Helmfunk von der Außenwelt abschnitt. Caren tenMay bekam nicht das Geringste von ihrer Unterhaltung hier unten mit.

Galway schwenkte die Mündung und bedeutete Yildirim, sich zur Kommandantin zu begeben.

»Die Waffen«, forderte die Irin die beiden auf. Langsam zogen Suzie und Yildirim ihre Blaster aus den Holstern und ließen sie zu Boden fallen.

»Warum, Galway?« fragte Suzie. »Sie sind doch schon so lange Mitglied meiner Crew.«

»Nehmen Sie es nicht persönlich, Captain«, erwiderte Raven. »Sie sind wirklich ganz in Ordnung, und es gab tatsächlich Momente, in denen ich gewünscht hätte, Sie wären nicht heterosexuell. Aber es gibt immer Leute, die mehr zahlen, wenn es darauf ankommt. Und in diesem Fall konnte ich dem Angebot der Lunadocks nicht widerstehen.«

Suzie Quang schüttelte verständnislos den Kopf. »Sie hätten jederzeit mit uns reden können. Wenn es nur um Geld ging, dann hätten wir ...«

»Versuchen Sie nicht, die Sache zu beschönigen«, unterbrach Raven Galway grob. »Ich habe mich entschieden und meinen Arbeitgeber verraten. Reden Sie mir nicht ein, man könne die Angelegenheit noch zum Guten wenden. Dafür ist es längst zu spät.«

Suzie erkannte die Entschlossenheit in Galways Zügen. Sie konnte noch immer nicht glauben, dass die Bergungsspezialistin zur Verräterin an der HTO geworden war. Gemeinsam erlebte Situationen und Aufträge huschten an ihrem inneren Auge vorbei. Sie hatten einiges zusammen durchgemacht und auch schwierige Missionen gemeistert. Raven war nie sonderlich gesprächig oder gesellig gewesen, doch sie hatte vortrefflichen Einsatz gezeigt. Darüber konnte auch ihre Vorliebe zu gleichgeschlechtlichen Bindungen kein Wässerchen trüben.

»Und was haben Sie jetzt vor?« fragte Suzie.

»Die Crew der VIANA dürfte inzwischen meinen kleinen Fallen auf den Leim gegangen sein«, sagte Raven mit einem triumphierenden Lächeln. »Und durch meine Sabotage an der Kom-Anlage konnten sie Sie nicht darüber informieren.«

Suzie sog scharf die Luft ein. Sie hoffte inständig, dass niemand ihrer Besatzung ernsthaft zu Schaden gekommen war.

»Wie ich erwartet habe, hat Seymour entgegen Ihrem Befehl eine Kom-Boje gestartet, die ebenfalls von mir präpariert wurde. Sie hat bereits ein Signal an ein Schiff der Lunadocks gesendet, dass ich den Xentrox-Antrieb sichergestellt habe. Sie erinnern sich bestimmt an den Raumer, der uns eine Zeitlang verfolgt hat.«

Nun war es nicht schwer, die Zusammenhänge zu erkennen. Suzie fühlte maßlose Enttäuschung in sich aufkeimen. Es verwunderte sie nicht, dass sie am meisten von sich selbst enttäuscht war. Sie machte sich Vorwürfe, ihre Besatzungsmitglieder nicht besser zu kennen.

»Keine Sorge«, sagte Raven Galway und deutete Suzies besorgten Gesichtsausdruck falsch. »Ich verspreche Ihnen, dass Ihnen und Ihrer Crew nichts geschehen wird, wenn Sie sich kooperativ verhalten.«

»So, wie Seymour und den anderen auf der VIANA?« hakte Suzie nach. Sie musste wissen, wie es den anderen erging.

»Sie dürften nur für ein Weilchen außer Gefecht gesetzt worden sein. Und jetzt rüber da!«

Galway dirigierte Suzie und Yildirim mit dem Blaster in eine Ecke des Maschinenraums, weg vom Xentrox-Antrieb. Suzie rechnete sich die Chancen aus, die Irin in einer Blitzattacke zu überwältigen. Schon vor ihrer Dienstzeit als Captain der HTO hatte sie es sich zur Angewohnheit gemacht, nie ohne eine zweite Waffe auf eine Außenmission zu gehen. Der handliche Nadelstrahler steckte hinten im Gürtel, direkt unter dem Versorgungstornister, wo er so schnell niemandem auffiel.

»Anzugheizung abschalten, Helmscheinwerfer deaktivieren und Visiere öffnen!« befahl Raven Galway grob.

»Das kannst du nicht machen«, warf Doguhan Yildirim protestierend ein.

Raven hob den Blaster einen Deut an. Seine Mündung zeigte direkt auf den türkischen Bergungsspezialisten. Der junge Mann schluckte und fügte sich, nachdem er sich mit einem Seitenblick vergewissert hatte, dass seine Kommandantin mit gutem Beispiel voran ging.

Der Maschinenraum dämpfte kaum die höllischen Außentemperaturen. Eiseskälte schlug Suzie förmlich ins Gesicht, als sie das Helmvisier öffnete. Der Schutzanzug vermochte den extremen Temperaturen ohne Heizung nur wenige Augenblicke standzuhalten. Schon spürten Suzie und Doguhan, wie sich die Kälte ihren Weg durch den dicken Stoff suchte.

»Wir werden erfroren sein, noch ehe das Schiff der Lunadocks hier eintrifft«, appellierte Suzie Quang an die Verräterin.

»Ich kann kein Risiko eingehen, Captain.«

Irgendetwas blitzte in Galways Augen kalt auf. Suzie wusste, dass sie handeln musste, ehe ihre Gelenke versteiften und sie den Nadler nicht mehr erreichte. Doch Raven Galway wachte über ihre Gefangenen mit Argusaugen und gab sich nicht die geringste Blöße.

8.

16. Juli 2108: Genf
Sitzung des Weltrates

Im Besprechungsraum des Weltrates herrschte dicke Luft.

Das große, langgestreckte Zimmer enthielt einen Sitzungstisch, umrahmt von mindestens zwanzig Stühlen, doch nur sechs davon waren besetzt.

Den Vorsitz führte, wie es ihm zukam, Ziang Zingh, der chinesische Vorsitzende des Weltrates, der am Kopfende saß. Rechts von ihm befanden sich Peet Orell und Swetlana Tschernowa, die 42-jährige Chefin der World-Police. Tschernowa war 1,90 m groß, besaß eine muskulöse Figur und eine schwarze Bürstenfrisur, darunter ein grobschlächtiges, plattnasiges Gesicht. Sie sprach mit dunkler Stimme mit Vorliebe im Kommandoton.

Tschernowa war eine fanatische Verfechterin von Recht und Gesetz. Sie und Zingh waren im allgemeinen nicht gut auf den Chef der HTO Corporation zu sprechen. In der Vergangenheit hatte es mehr als einmal Unstimmigkeiten gegeben, doch hier und heute war das ein wenig anders.

Und das lag an einem, der sich auf der anderen Seite des Sitzungstisches befand: General Robert Theodor Armstrong, der immer schon ein erbitterter Gegner Orells gewesen war, und der immer wieder Niederlagen hatte einstecken müssen gegen die Gewitztheit des HTO-Chefs.

Armstrong war 1,85 Meter groß und schlank, er hatte silbergraue, kurzgeschnittene Haare, eine Hakennase über schmalen Lippen und graue Augen. Seine Stimme klang meistens absolut emotionslos; er gab sich unterkühlt wie ein britischer Snob. Sein Lebensziel war es, die HTO zu zerschlagen, die schon oft in der Vergangenheit die Space-Police genarrt und gedemütigt hatte.

Tschernowa dagegen hasste Armstrong, weil der vor einigen Jahren versucht hatte, ihre Ernennung zur World-Police-Kommandantin zu verhindern; er wollte damals einen ihm genehmen Kandidaten durchsetzen.

Außerdem waren noch Roberto do Jingholo, der Chef der diplomatischen Mission des Weltrates und Annanda Nkosi, die Protokollchefin, anwesend.

Ablehnende Stimmung, regelrechte Empörung breitete sich im Raum aus. General Armstrong, der uneinsichtige Chef der Space-Police hatte gerade in knappen, harten Worten seine Meinung kundgetan.

»Diese Trauerfeier für die Besatzung der GAGARIN bietet der Erde eine einmalige Chance, Stärke auf dem galaktischen Parkett zu beweisen. Es kann einfach nicht hingenommen werden, dass von einem dahergelaufenen Kapitän eines Lumpenfrachters aus irgendeinem obskuren Volk Menschen abgeschlachtet werden. Das ist der eindeutige Beweis dafür, dass die K'inga ein Volk sind, dem es egal ist, wer darunter leiden muss, dass es seinen Expansionsdrang und seine Gewalttätigkeit verbreitet. Wir, als gesamte Vertreter der Menschheit, müssen Stärke beweisen. Wir müssen den Völkern der Galaxis, und ganz besonders diesen K'inga, klarmachen, dass wir diese Brutalität nicht einfach hinnehmen. Also sollte die Trauerfeier auch gleich ein Fanal sein – für einen Vergeltungsangriff auf das Reich der zwölf Monde, dem wir mit aller Macht unsere Härte beweisen müssen. Unser Platz in der Galaxis, zumindest in unserem Spiralarm, muss klar definiert sein.«

Betretenes Schweigen hatte für einen Augenblick geherrscht, und der General hatte ein wenig verblüfft in die Runde geschaut. Waren denn nicht alle außer Orell von seinem großartigen Vorschlag begeistert? Er schlug doch nichts weniger vor, als eine feste Machtposition in der Galaxis zu verankern.

Sicher, in den knapp zwei Jahrzehnten interstellarer Raumfahrt hatten die Menschen nur einen verschwindend kleinen Teil der Milchstraße kennen gelernt, und die wenigen kleinen Kolonien waren fast alle nur wenige Lichtjahre von der Erde entfernt, dazu besaß die Menschheit kaum Angriffs- oder Abwehrwaffen gegen etwaige

Gegner, aber Armstrong wollte ein Zeichen von Macht und Abschreckung setzen.

In den Augen von Annanda Nkosi zeichnete sich Abscheu ab, Peet Orell machte ein abweisendes Gesicht, und selbst Swetlana Tschernowa schien nicht von diesem Vorschlag angetan.

Ziang Zhing, der asiatische Vorsitzende des Weltrates, ein 68 Jahre alter, 1,60 Meter großer, dicker, kahlköpfiger Mann wirkte ein wenig unbeteiligt, und obwohl er normalerweise die Vorschläge des Generals unterstützte, schien er im Augenblick ebenfalls nicht begeistert. Doch er war der Erste, der sich äußerte.

Zinghs Buddha-Gesicht schien ewig zu lächeln; er besaß, gemäß seiner Erziehung und seines liebenswürdigen Wesens, höfliche Umgangsformen. Er war ein scharfsinniger Denker und charismatischer Politiker, der stets auf Ausgleich und friedliche Konfliktlösung bedacht war. Seine leise, singende Stimme klang vorwurfsvoll.

»Halten Sie es wirklich für eine gute Idee, General, ein ganzes Volk mit Krieg zu überziehen? Ich denke, bei der Vernichtung der GAGARIN handelte es sich um den bedauerlichen Übergriff einer einzelnen Gruppe, nicht eines ganzen Volkes.«

Armstrong sprang auf und schlug mit der Hand so fest auf den Tisch, dass die darauf stehenden Kaffeetassen ihren Inhalt großzügig über die Untertassen verteilten.

»Das spielt doch keine Rolle, Herr Vorsitzender«, verkündete er laut und aufgebracht. »Wir sind als Volk der Menschen von der Erde im Gesamten getroffen worden. Und wenn wir uns nicht in den Augen der uns bekannten galaktischen Völker als Feiglinge und Angsthasen erweisen wollen, dann müssen wir mit aller Härte zurückschlagen.«

»Kennen Sie eigentlich nur den Weg der Gewalt?« warf Nkosi ein. »Krieg kann immer nur der falsche Weg sein, denn das zieht erneut den Tod auf beiden Seiten nach sich. Das entwickelt sich zur blutigen Spirale, die nichts als Verderben und weitere Trauer mit sich bringt.«

Armstrong schaute sie verächtlich an. »Was haben Sie schon für eine Ahnung davon? Bleiben Sie bei Ihren Protokollen, und verstecken Sie sich hinter einem Wust von Unnützen Papieren. Überlassen Sie das Handeln den Leuten, die etwas davon verstehen, und die wissen, was Sie tun.«

»Genau das bezweifle ich doch sehr«, warf jetzt Peet Orell ein. Seine Stimme klang ungewohnt scharf, immerhin waren er und seine Leute mitten im Brennpunkt der Ereignisse gewesen und hatten die K'inga aus nächster Nähe erlebt. »Ich glaube, General, dass Sie nicht wirklich wissen, was Sie tun. Denn nicht nur, dass Krieg immer der falsche Weg ist – nein, die Erde ist nicht stark genug, um sich auf eine Auseinandersetzung mit den K'inga einzulassen. Wir verfügen nun einmal nicht über eine entsprechende große und starke Flotte von Kriegsraumern, die mit Feuer und Schwert durch die Galaxis streifen kann, um Rache zu üben. Nein, wir können uns nur dann etablieren, wenn wir beweisen, reif zu sein für das politische, das diplomatische Parkett anderer Völker.«

»Wir sollten also Ihrer Meinung nach den Schwanz einziehen und auch noch *›Danke‹* sagen, dass unsere Leute abgeschlachtet wurden?« grollte Armstrong.

»Und Sie wollen im Gegenzug andere Lebewesen abschlachten? Ohne darüber nachzudenken, ob man diesen tragischen Vorfall nicht zum Anlaß nehmen sollte, einen Weg zur Verständigung und zum Frieden zu finden?« ereiferte sich do Jingholo.

Der General stand mit seiner Ansicht allein auf weiter Flur, doch das focht ihn nicht an. Er fühlte sich persönlich angegriffen und verlangte im Namen der ganzen Erde nach Rache.

»Die K'inga, die ja jetzt nicht mehr von dem Despoten Pytter Radex angeführt werden, sind durchaus in der Lage, eine friedliche Kooperation mit der Erde anzustreben«, erklärte Peet.

»Ach, ja?« kam die zynische Zwischenbemerkung des Generals. »Warum überreichen Sie dann nicht gleich unser gesamtes Sonnensystem auf dem Silbertablett als Geschenk?«

»Sie werden unsachlich, General«, wies Tschernowa ihn zurecht.

»Ja, habe ich es denn hier nur mit Feiglingen zu tun? Sehen Sie denn nicht, dass wir zurückgedrängt werden, wenn wir uns nicht einen festen Machtanspruch ...«

»Jetzt ist es aber genug, General«, unterbrach der Vorsitzende. Der sonst so ruhige und meist freundliche Asiate machte jetzt einen ungehaltenen Eindruck. »Sie verurteilen ein ganzes Volk auf die Tat einiger verblendeter oder auch psychopathischer Wesen hin. Es hat in der Geschichte der Menschheit Hunderte von Beispielen gegeben, dass ebensolche Vorfälle zu sinnlosen und blutigen Kriegen geführt haben, die mit einigen klärenden Worten und gegenseitigem Verständnis hätten vermieden werden können. Wollen Sie jetzt in alte Fehler zurück verfallen? Morgen werden, als offizielle K'inga-Botschafter, Haydee Gardner und Marvin Thorwald auf der Erde landen. Sie kommen, um in friedlicher Absicht diplomatische Beziehungen aufzubauen.«

»Alles nur Täuschung. Die wiegen uns in Sicherheit, um dann mit einem Schlag die Erde zu übernehmen.«

»Aber das ist doch Unsinn!« Jetzt hatte auch Orell genug von der Starrköpfigkeit des Generals. »Die beiden sind auf der Erde aufgewachsen, kennen die Menschen und haben ein gutes Verhältnis dazu. Niemand, ich wiederhole, *niemand* hat vor, die Erde zu überrennen. Der einzige, der auf eine Auseinandersetzung hinarbeitet, sind Sie. Die K'inga werden unsere Hilfe brauchen. Sind Sie wirklich so verbohrt, dass Sie die große Chance nicht sehen, die sich hier für die Erde bietet? Wir brauchen Frieden, Armstrong, keine Gewalt. Die Erde kann sich keinen Krieg leisten.«

»Und sind Sie wirklich so verdammt dumm zu glauben, dass mit dem ganzen unnützen Gerede die Erde einen festen Platz in der Galaxis einnehmen kann? Sie sind ja einfach nur naiv und blauäugig!« brüllte der General.

Die Augen von Ziang Zhing zeigten jetzt einen stahlharten, entschlossenen Ausdruck. Er war dieser Diskussion müde, wie auch der undiplomatischen Anrede untereinander. Und er hatte genug von dieser Kriegstreiberei eines Mannes, der die Lage der Erde im Augenblick wohl völlig verkannte.

»Ich bin geneigt, Mr. Orell zuzustimmen«, sagte er fest. »Die Verhältnisse im Reich der zwölf Monde haben sich grundlegend geändert seit dem ersten Kontakt. Wir können nun davon ausgehen, dass die neue Regierung unter Kaiser Ryon Carsif darum bemüht ist, durch diplomatische Beziehungen, auch zur Erde, Stabilität und Handelsbeziehungen aufzubauen. Wir können voneinander profitieren,

General, das ist meine feste Überzeugung. Und auch die Überzeugung der meisten Menschen auf der Erde. Wir sollten mit der morgigen Trauerfeier einen Schlussstrich unter die tragischen Vorfälle ziehen und versuchen, einen neuen Anfang zu machen. Verzeihen ist eine bessere Methode als töten.«

Der Chinese hatte seine Worte mit großer Festigkeit und Überzeugung von sich gegeben, und die beifälligen Mienen der anderen vier Anwesenden bewiesen ihm, dass er sich ihrer Unterstützung sicher sein konnte.

Nur Armstrong blieb uneinsichtig.

»Sie alle sind ja so verblendet! Ich bin von Dummköpfen umgeben! Aber Sie werden noch sehen, welch einen großen Fehler Sie machen, diesem Volk Vertrauen entgegenzubringen. Es ist und bleibt ein Fehler, und ich will mit diesem bodenlosen Leichtsinn nichts zu tun haben, Rechnen Sie morgen besser nicht damit, dass ich mich dafür hergebe, auch nur ein Wort zu den Toten der GAGARIN zu sagen. Wenn mir und den Menschen der Erde die gerechte Strafe für die Ermordung von vierundvierzig Mitbürgern verwehrt wird, dann ziehe ich mich zurück.«

Mit schweren Schritten verließ der General den Besprechungsraum. Ziang Zhing rang die Hände, und Peet Orell ballte die Fäuste. Warum mussten sich jetzt die Menschen gegenseitig zerfleischen? Gerade dann, als die Weltregierung anfing, die vorausschauenden Visionen der HTO ein bisschen zu begreifen? Armstrong war gefährlich, und Orell war sicher, dass in dieser Angelegenheit noch nicht das letzte Wort gesprochen war.

Cy nahm den Raumjäger noch einmal unter die Lupe. Der Bordrechner war zerstört, aber der Speicher der Navigationssektion war noch soweit in Ordnung, dass zumindest ein Teil der Daten gerettet werden konnte. Arn Borul stellte fest, dass die Zielkoordinaten, die der Speicher enthielt, auf moranische Art und Weise codiert waren.

Das Ziel des Abfangjägers lag 349 Lichtjahre von Orange entfernt. Ein Planet mit der Katalogbezeichnung Radan-3.

»Über das Radan-System ist kaum etwas bekannt«, stellte Lukas Hagen fest, nachdem er die Datenspeicher seines Astrolab durchsucht hatte.

»Wenn wir den Schlüssel dieses Rätsels irgendwo finden, dann dort«, war Callaghan überzeugt.

Und Shalyn ergänzte: »Einen anderen Anhaltspunkt haben wir auch nicht …«

»Möglicherweise finden wir auf Radan-3 eine Art versprengter moranischer Kolonie«, vermutete Hagen. »Alles, was wir bisher herausgefunden haben, spricht jedenfalls dafür.«

Borul blickte auf.

Dies war offenbar auch eine Möglichkeit, die Arn Borul in Betracht zog. Aber er äußerte sich nicht weiter dazu.

49 Erdenjahre ist es her, dass die Heimatwelt unseres Volkes zerstört wurde, dachte Shalyn Shan, während sie den Chefkonstrukteur der HTO nachdenklich beobachtete. *Fast ein halbes Jahrhundert …*

Keiner von uns beiden hat die alte Heimat noch erlebt, ging es ihr durch den Kopf. *Und bis heute war umstritten, wie es eigentlich zur Zerstörung Morans gekommen war.*

Shalyn erkannte die ungeheure Willenskraft, die Arn Borul im Augenblick erfüllte. Ein unbändiger Drang beherrschte ihn, diesem Rätsel auf den Grund zu gehen. Einem Rätsel, das mit dem Schicksal Morans möglicherweise zu tun hatte.

Ergeht es mir denn nicht genauso? überlegte Shalyn.

Eine Antwort auf diese Frage erübrigte sich.

»Wir sollten jetzt mit den Vorbereitungen für den Start beginnen«, sagte Borul. »Bis Radan-3 werden eine Reihe von Transitionen nötig sein …«

»Gehst du wieder an Bord der JOLLY ROGER, Arn?« fragte Jörn Callaghan.

Borul nickte. »Ja.«

Eine halbe Stunde später hatten die beiden Raumschiffe den Planeten Orange bereits wieder verlassen. Wie eine große, etwas zu sehr gereifte Frucht sah diese Welt im Panoramafenster der Zentrale der JOLLY ROGER aus. Die DeGorm-Triebwerke summten leise. Sowohl die PROMET als auch die JOLLY ROGER beschleunigten. Etwa anderthalb Stunden später würden sie zum ersten Raumsprung Richtung Radan-3 ansetzen. Arn Borul konnte es kaum erwarten.

ZWISCHENSPIEL:

Der Gestank von Kot und Urin war vorherrschend in dem beengenden Kerker. Vor einem Tag noch hätten seine Insassen ihn als störend und ekelerregend empfunden, doch ihr depressiver Zustand hatte ihre Sinne fast schon abgestumpft.

Während Minister Perrs, der frühere Beauftragte für Spionage und Spitzelei unter Kaiser Radex beinahe schon lethargisch vor sich hinstarrte und eigenartig mit dem Kopf vor und zurück nickte, grübelte Poyle, der Neffe des verstorbenen K'inga-Herrschers, über seine missliche Lage und die noch weniger rosige Zukunft nach.

Die verfluchten Terraner hatten Ryon Carsif, den rechtmäßigen Herrscher über das K'inga-Imperium auf seinem Exil Othan ausfindig gemacht und ihm wieder zur Macht im Reich der zwölf Monde verholfen. Der neue Kaiser – den Begriff ›Kaiser‹ gab es so auf Algor III nicht; auf k'inganisch lautete sein Titel ›Thu'arkatt'on‹ – *›der höchste Herrscher‹* – hatte sich gnädig erwiesen und über Poyle und Perrs nicht die Todesstrafe verhängt. Stattdessen waren sie nach Othan verbannt worden, jener sterbenden Eiswelt, auf der Ryon Carsif den größten Teil seines Lebens im Exil zugebracht hatte. Der ehemalige Minister und der Neffe von Radex sollten für ihre Schandtaten im Dienste des alten Kaisers büßen und beim Aufbau der verfallenen Stadt auf Othan mithelfen, sie den durchgedrehten Maschinen zu entreißen und sie wieder bewohnbar für die dortige Kolonie zu machen.

»... so helft ihr, etwas aufzubauen, statt zu zerstören ...«, hallten Carsifs Worte in Poyles Erinnerungen nach. Ihm und Perrs war nichts anderes übrig geblieben, als sich ihrem Schicksal zu ergeben. Ihre Buße galt auf Lebenszeit, und es gab auf Othan keine Raumfahrt. Sie würden bis ans Ende ihrer Tage auf dem Planeten festsitzen.

»Wenn wir fliehen wollen, dann müssen wir es jetzt tun«, hatte Perrs gestern noch gefaselt. Heute jedoch glich er eher einem heruntergekommenen Wrack. Er war psychisch am Ende und fraß die Schmach und Schande förmlich in sich hinein. Zur Flucht war er ganz und gar nicht mehr zu gebrauchen, und Poyle selbst war einfach nur zu dumm, um einen Plan zu entwickeln – eine Tatsache, die er sich nicht einmal selbst zugestehen wollte, obwohl er insgeheim davon wusste.

»Perrs, Ihr sabbert«, raunte Poyle dem anderen wie beiläufig zu, obwohl er nicht einmal hingesehen hatte. Nur zerrte das ewige Geschmatze an seinen Nerven. Wie konnte ihr eigenes Volk nur so grausam sein, und sie gemeinsam in eine Zelle sperren? Trägern ihres Ranges gehörte auch in der Gefangenschaft eine eigene Kabine, mit den entsprechenden hygienischen Einrichtungen. Doch das einzige, was man ihnen gelassen hatte, war ihre Kleidung, die sie am Leib trugen, und einen Bildschirm, der das Parakontinuum des linearen Xentrox-Überlichtflugs zeigte. Am Rand des Monitors waren Entfernung zum Ziel und noch geschätzte Flugdauer eingeblendet. Gleichzeitig ertönte über die Lautsprecher alle Viertelstunde ein Hinweis über diese Daten, damit die beiden Gefangenen auch stetig an ihr unausweichliches Schicksal erinnert wurden.

»Wir sind verloren«, brabbelte Perrs vor sich hin. »Womit habe ich das verdient?«

»Ihr habt meinem Onkel gedient«, murmelte Poyle – *und ich auch*, fügte er in Gedanken hinzu.

»Eintreffen im Zielsystem etwa in zwanzig Minuten!« Die Zeitangabe war selbstverständlich in k'inganisch durchgegeben worden.

»Wir sind verloren«, sagte nun auch Poyle lakonisch.

Sie merkten nicht, wie das k'inganische Schiff bereits verlangsamte und alle Vorbereitungen traf, in das Schejol-System einzufliegen.

Man schrieb den 16. Juli 2108, als die PROMET und die JOLLY ROGER schließlich das Radan-System erreichten. Diesmal war es die JOLLY ROGER, die geringfügig früher dort eintraf. Im Panoramafenster der

Zentrale war das Schimmern Radans zu sehen, einer kobaltblauen Sonne mit insgesamt zwölf Planeten. Die meisten davon waren nichts als Gesteinsbrocken, die mit einer Eisschicht bedeckt waren. Zwei Gasriesen gab es: die Planeten 5 und 6. Sie wurden jeweils von einem guten Dutzend Monden umkreist.

Einzig auf Radan-3 waren erdähnliche Bedingungen zu finden, zumindest, was die Zusammensetzung der Atmosphäre anging. Bis auf einen schmalen Streifen um den Äquator herum war Radan-3 vereist. Die Temperaturen lagen bei etwa 5 Grad Celsius am Äquator bis zu minus 150 Grad an den Polkappen.

»Da scheint uns ja etwas wie eine Antarktis im Riesenformat zu erwarten«, war Helmut M'Bangas Kommentar, nachdem er die Daten der Ortungsinstrumente ausgewertet hatte.

»Vielleicht war das Klima auf Radan-3 früher angenehmer«, vermutete er.

David Brodie und Vivien Raid befanden sich ebenfalls in der Zentrale der JOLLY ROGER. Die wachsende Ungeduld, die Arn Borul erfasst hatte, war ihnen nicht entgangen.

»Hier wird eine Strahlung angezeigt«, meldete sich Barbie Delaney, die Eignerin der JOLLY ROGER, zu Wort. Sie starrte etwas verwirrt auf die Anzeigen. »Irgendwie werde ich nicht schlau daraus … Könnten Sie sich das einmal ansehen, Arn?«

Borul ließ sich das nicht zweimal sagen.

Die Augen des Moraners wurden schmal. »Eine unbekannte Strahlungskomponente. Kann der Ursprung ermittelt werden?«

»Die Strahlungsquelle muss sich auf Radan-3 befinden«, war Barbie überzeugt.

Arn Borul nickte. »Stellen Sie bitte eine Verbindung zur PROMET her«, wandte er sich an Helmut.

»Einen Moment!«

Augenblicke später erschien das Gesicht von Shalyn Shan auf einem der Monitoren.

»Ich nehme an, Sie haben die Strahlungsquelle auf der Planetenoberfläche von Radan-3 bereits registriert«, begann Borul.

Shalyn nickte. »Nach Professor Hagens Analyse handelt es sich um eine bislang unbekannte Strahlungsart. Herkunft ist ein bestimmtes, eng umrissenes Gebiet am Rande der Vereisung auf Radan-3. Unseren Messungen nach gibt es dort Gebäude. Das Energieniveau ist gering …«

»Vielleicht eine ähnliche Station, wie wir sie auf Orange vorfanden«, vermutete Helmut M'Banga.

Shalyn schüttelte den Kopf.

»Nein, die Anlagen sind zweifellos größer. Ich schlage Folgendes vor: Wir werden ein Beiboot ausschleusen und damit die Stelle anfliegen. Die Wirkungsweise der fremden Strahlung kennen wir nicht. Es ist daher besondere Vorsicht geboten.«

Arn Borul atmete tief durch.

»In Ordnung«, meinte er.

Aus, dachte Susann Quang, als sie kein Gefühl mehr in ihren Fingern verspürte. Jedweder Rettungsversuch war damit automatisch zum Scheitern verurteilt.

An Doguhan Yildirims gequältem Blick erkannte sie, dass es ihm nicht anders erging. Sie hatten bisher nur knappe zehn Minuten bei geöffnetem Anzug in dem Maschinenraum der TORRG verbracht, waren aber schon nahezu steif gefroren.

»Hören Sie, Miss Galway«, sagte Suzie mit brüchiger Stimme. »Ich verspreche Ihnen, dass wir keinen Unsinn anstellen werden, aber lassen Sie uns bitte wieder die Helme schließen und die Heizungen aktivieren.«

Raven Galway blickte auf ihr Anzugchronometer und schien für einen Augenblick ernsthaft über Quangs Wunsch nachzudenken. Doch dann schüttelte sie den Kopf.

»Kein Risiko.«

Suzie seufzte. Draußen in der WEKAGE musste Caren annehmen, dass der Helmfunk von den Emissionen des Antriebs blockiert wurde. Sie würde sich vermutlich erst nach einer halben Stunde Sorgen machen – und nach einer weiteren halben herunter kommen, um sich zu vergewissern, dass alles in Ordnung war. Bis dahin würden Suzie und Doguhan längst erfroren sein.

Wenn das Schiff der Lunadocks nicht schon hier eintrifft und das N-Boot bedroht oder startunfähig geschossen hat, wisperte eine höhnische Stimme im hintersten Winkel von Suzies Verstand.

»Es ist nur das Geld, Galway?«

Die Irin horchte auf. Sie legte den Kopf schief, wollte etwas erwidern, tat dann jedoch so, als würde sie die Worte der Kommandantin ignorieren.

Doch Suzie ließ nicht locker.

»Sie sagten, dass die Lunadocks Ihnen mehr zahlen. Wie hoch ist Ihr Preis, Raven? Was muss die HTO-Corporation ausspucken, damit ich Sie umstimmen kann.«

»Schweigen Sie!«

»Kommen Sie, wir können doch darüber reden. Wieviel Sol zahlt man Ihnen für den Verrat. Hunderttausend? Zweihundert? Was könnte der Xentrox-Antrieb Wert sein?«

Die Blastermündung richtete sich auf Suzie. Doguhan Yildirim stieß eine Warnung aus.

»Provozieren Sie sie nicht, Captain.«

»Er hat Recht«, stimmte Galway zu. »Ich lasse nicht mit mir handeln.«

»Sie könnten ein eigenes Kommando bei der HTO bekommen«, bohrte Suzie weiter.

»Ich kenne Peet Orell gut und könnte Entsprechendes arrangieren. Stellen Sie sich ein Schiff wie die VIANA vor. Sie sitzen im Sessel des Captains und befehligen Ihre eigene Crew …«

»Still!« zischte Galway. Ihr Finger hatte sich bedrohlich weit um den Abzug gekrümmt. Ein knapper Millimeter trennte den Kontakt vom Auslöser.

Suzie hielt inne und den Atem an. Jedes weitere Wort von ihr wäre gleichzeitig ihr Todesurteil gewesen. Galway haderte mit sich selbst, doch so verlockend auch Suzies Angebote waren, sie ahnte, dass es keinen Weg mehr zurück gab. Man würde sie feuern, anklagen und hinter Gitter bringen. Verrat und Industriespionage waren schwerwiegende Anklagepunkte – und wenn sie frei kam, würde sie innerhalb des Sol-Systems keine Anstellung finden, die ihren Fähigkeiten gerecht wurde.

»Waffe weg!«

Die Stimme kam so urplötzlich aus dem Nichts, dass selbst Suzie zusammenzuckte. Galway wirbelte herum, doch sie erhielt keine zweite Chance.

Ein nadeldünner Strahl bohrte sich durch das Halbdunkel, fraß sich durch den Schutzanzug und paralysierte das Nervensystem der Irin. Sie war nicht einmal mehr imstande, den Finger vollends um den Abzug zu krümmen. Gelähmt schlug sie auf dem Boden auf. Der Blaster entglitt ihrer Hand.

Aus dem Schatten trat eine schlanke Gestalt im Schutzanzug mit HTO-Emblemen. Der Helmscheinwerfer blendete Suzie, so dass sie nicht auf Anhieb erkennen konnte, wer der Schütze war. Dennoch glaubte sie die durch den Helmfunk leicht verzerrte Stimme erkannt zu haben.

»Caren!«

»Ich wollte eure Party nicht stören«, grinste die Pilotin breit, als sie den beiden half, ihre Helme zu schließen und die Heizsysteme zu reaktivieren. »Aber *Captain's Barbecue* erschien mir dann doch ein wenig zu makaber.«

Caren ging zu der Bewusstlosen hinüber, hob den Blaster auf und zerstörte mit einem weiteren Strahlenstoß den Störsender, den die Irin bei sich getragen hatte.

»Woher wusstest du, dass etwas faul ist?« fragte Suzie.

Die wohltuende Wärme der Heizung verdrängte langsam aber sicher die lähmende Kälte aus ihren Gliedern.

»Hätte ich nie geahnt«, gab Caren zu. »Aber Doc Berghaus hat alles dran gesetzt, um unsere Crew auf der VIANA wieder fit zu kriegen, nachdem er herausgefunden hatte, wer für die Sabotageakte verantwortlich war ... ach so, ihr wisst ja gar nichts ...«

Suzie machte eine abwehrende Handbewegung. »Doch, Galway hat uns davon berichtet. Wie geht es Seymour und den anderen?«

»Er hat die Stunnerlähmung überstanden, Linnéa hat nur leichte Verbrennungen, die aber in ein paar Tagen verheilt sein werden. Na, und das Plappermaul Townsend ist erst einmal für eine Woche ruhig gestellt. Wenn er nicht gerade seinen Darm entleert, hängt er kotzend über der Toilette.«

Caren zwinkerte bei dem letzten Satz und lachte dann. Suzie konnte nicht anders und fiel mit ein, während Doguhan nur verdutzt herum stand und nicht wusste, was er als erstes tun sollte.

Sie schafften die bewusstlose Galway nach draußen und fesselten sie im N-Boot. Danach kehrten Suzie, Caren und Yildirim in den Maschinenraum der TORRG zurück, um die Antigrav-Aggregate am Xentrox-Antrieb anzubringen. Über das wieder funktionierende Kom-System erfuhren sie, dass Seymour T. die VIANA inzwischen gestartet und Kurs auf das sicher gestellte K'inga-Beiboot genommen hatte, um es via Traktorstrahl in den Hangar der VIANA zu ziehen.

In der TORRG hatten Suzie und die beiden anderen die A-Grav-Projektoren gerade in Stellung gebracht, als sie ein beunruhigender Funkspruch Seymours erreichte.

»Wir haben das K'inga-Boot sicher im Laderaum verstaut und sind nun auf dem Weg zu euch. Unsere Sensoren haben jedoch über die Funkboje Signale eines sich nähernden K'inga-Schiffs ausgemacht. Wahrscheinlich sind die ebenfalls hier, um das Wrack der TORRG auszuschlachten.«

»Verflucht«, stöhnte Suzie. »Wir müssen uns verdammt beeilen, wenn wir das heil über die Bühne bringen wollen.«

»Rechnen Sie mit Problemen, Captain?« fragte Doguhan. »Ich meine, wir liegen nicht mit den K'inga im Krieg und Strandgut gehört demjenigen, der es zuerst findet.«

»Im Prinzip haben Sie Recht, Yildirim«, nickte Suzie und zog sich zusammen mit Caren und Doguhan nach draußen zurück. »Nur befinden wir uns hier nicht im interstellaren Raum, sondern auf K'inga-Territorium. Die werden es uns sicher übel nehmen, wenn wir hier einfach ihren Raumer plündern und gleichzeitig wertvolle Technologie erbeuten, die bisher nur ihnen vorbehalten war.«

»Sehe ich ein«, murmelte Doguhan.

An Bord der WEKAGE wartete Caren erst gar nicht ab, bis sich alle aus ihren Anzügen geschält hatten, sondern startete sofort die Triebwerke. Das N-Boot hob ab und verharrte keine zwanzig Meter über dem abgetrennten Segment des Maschinenteils.

»Warten wir auf die VIANA?« fragte Caren an Suzie gewandt. »Ohne Traktorstrahl ist da nichts zu machen. Wenn wir ein Loch in die

Außenhaut brennen, könnten herunterfallende Hüllenteile den Xentrox beschädigen.«

»Wir warten«, ordnete Suzie Quang an.

Keine fünfzehn Minuten später sprachen die Orter des N-Bootes auf die VIANA an. Seymour T. ging auf Nummer Sicher und setzte gleich den Traktorstrahl ein. Unsichtbare, magnetische Fangarme bestrichen die Oberfläche des havarierten TORRG-Wracks und zogen es leicht an. Der Zugstrahl war nicht stark genug, um das gesamte Segment des Maschinenraums innerhalb des Gravitationsfeldes Othans zu bergen, aber dies war auch nicht notwendig. Das Buglasergeschütz der VIANA schwenkte herum, visierte einen vorberechneten Punkt an und flammte auf. Ein greller Blitz stach durch den mittäglichen Himmel der Eiswelt, prallte auf das Überbleibsel des K'inga-Schiffes auf und begann in einer weiten, kreisförmigen Bewegung eine Platte aus dem Rumpf zu schneiden. Das herausgetrennte Stück fiel nicht, wie von Caren zuvor befürchtet, in sich zusammen, sondern wurde mit dem Traktorstrahl frei schwebend in der Luft gehalten.

Die VIANA setzte ein Stück zur Seite, trieb über freiem Feld und kehrte die Polung des Fangstrahls um. Das herausgeschnittene Rumpfsegment stürzte in den Schnee, schlug einen Krater in das darunter liegende Erdreich und wirbelte eine weiße Fontäne empor.

»Die K'inga haben unsere Kom-Boje entdeckt und nehmen Kurs auf sie«, verkündete Caren tenMay, die die ganze Zeit über die Sensoren im Auge behielt. »Sie haben ihren linearen Überlichtflug beendet und fallen mit halber Lichtgeschwindigkeit ins Schejol-System ein.«

Suzie beugte sich vor und aktivierte die Verbindung zur VIANA. »Seymour, uns rennt die Zeit davon. Wenn uns die K'inga hier entdecken, könnte es ziemlich ungemütlich werden.«

»Verstanden«, dröhnte die Antwort aus den Kom-Lautsprechern. »Wir beginnen jetzt mit der Bergung.«

Suzie nickte Doguhan Yildirim zu. Der Bergungsspezialist hantierte mit der Fernbedienung herum und nahm die Antigrav-Projektoren in Betrieb. Eingebaute Kameras projizierten ein klares Bild auf die Schirme der WEKAGE. Yildirim steuerte auf Sicht. Der Kolben mit den elf Zylindern des Xentrox-Herzstücks löste sich aus seiner Verankerung und driftete schwerelos durch den Maschinenraum.

»'nen Tacken schneller, wenn's geht«, brummte Caren.

»Dann stoßen wir irgendwo an«, sagte Yildirim. »Wir dürfen den Antrieb nicht beschädigen, wenn wir noch etwas von ihm haben wollen.«

Mit gähnender Langsamkeit schälte sich die Spindelkonstruktion nach oben.

Inzwischen passierte das K'inga-Schiff den äußeren Orbit, und Caren tenMay brach der kalte Schweiß aus.

»KSS aktivieren?«

»Negativ«, antwortete Suzie, die gebannt die Bergung des Antriebs verfolgte. »Wir wollen keine feindseligen Handlungen provozieren.«

Endlich wurde das Spindelgeflecht sichtbar. Die Antigrav-Aggregate bugsierten den Antrieb aus der freigelegten Öffnung des Torrg-Segments. Wieder war die Viana zur Stelle und packte das Kernstück mit einem gefächerten Traktorstrahl.

»Wir haben ihn«, teilte Seymour über Funk mit.

Yildirim deaktivierte die A-Grav-Kontrollen und atmete tief durch. Erst jetzt bemerkte er das starke Zittern seiner Hände und spürte, wie sein Puls raste und das Blut durch seine Adern schoss.

»Gute Arbeit, Mr. Yildirim«, lobte Suzie.

Der Frachtraum der Viana öffnete sich. Langsam wurde der Antrieb in den Leib des HTO-Schiffes gezogen. Und erst, als sich die Ladeluken wieder geschlossen hatten, gab Quang den Befehl zur Rückkehr.

»K'inga-Schiff ist in Standardorbit eingeschwenkt.«

»Wir vergessen das Dockmanöver. Separater Start!«

Die Viana schoss in den blauen Himmel empor und entschwand innerhalb weniger Augenblicke aus dem Sichtbereich der Wekage. Nur einen Moment darauf fauchten die Triebwerke des N-Boots auf. Der schlanke Körper schraubte sich in den Himmel empor, durchdrang in den oberen Atmosphäreschichten die vereinzelten Wolkenformationen und stach dann in den schwarzen Samt des Alls – genau in die Arme der K'inga …

An Bord des Beiboots, das den Hangar der PROMET verließ, waren außer Shalyn Shan selbst noch Anake Takagawa, Cyberjohn Five und Sir Klakkarakk an Bord. Sir Klakkarakks Anwesenheit hing insbesondere damit zusammen, dass Vanessa Modesta seine Strahlenresistenz auf Grund der insektoiden Abstammung als äußerst hoch einstufte.

Das Beiboot senkte sich der Oberfläche von Radan-3 entgegen. Zum größten Teil bestand sie aus endlosen Eisflächen. Radan-3 war tatsächlich eine Art ins Gigantische vergrößerte Antarktis. Allerdings bedeutete das keineswegs, dass diese Welt ohne Leben war. Es gab gewaltige, walähnliche Planktonfresser, die unter der Eisschicht in den Ozeanen herumschwammen. Sie waren von so gewaltiger Größe, dass ein Infrarot-Orter sie schon aus dem Weltraum heraus anzeigte. Das Leben schien sich an die unfreundlichen Bedingungen auf Radan-3 angepasst zu haben.

Der angemessene Punkt befand sich nur wenige Breitengrade oberhalb des Äquators.

Die Gebäude waren schon aus weiter Ferne zu sehen. Es war eine weiträumige Anlage am Rande des Eises.

»Ein Raumhafen«, stieß Anake hervor, der die Pilotenkonsole des Beibootes bediente.

»Meine Messungen bestätigen deine Vermutung«, sagte Cy.

»Aber die Anlage scheint ebenso verlassen zu sein wie die Station auf Orange …«

»Hierhin wollte der Abfangjäger also …«, murmelte Shalyn.

Anake bekam eine saubere Landung hin. Er nutzte dabei eine jener glatten, kreisrunden Flächen, die offenbar genau zu diesem Zweck angelegt worden waren. Raumschiffwracks waren hier und da durch die Sichtfenster des Beibootes zu sehen.

»Ich bestehe beim Ausstieg auf dem Anlegen von Raumanzügen«, erklärte Shalyn Shan. »Die Luft ist zwar atembar, aber wir müssen uns gegen die Strahlung schützen und dürfen keine Materiepartikel einatmen. Noch wissen wir nichts über die gesundheitlichen Auswirkungen. Aber unsere Raumanzüge dürften die Strahlung abhalten. Zumindest ist das die Auffassung von Kip.«

»Vertrauen wir also der Künstlichen Intelligenz«, meinte Anake mit leichter Süffisanz.

»Du wirst sicher verstehen, dass ich mich deiner Anordnung nicht füge«, sagte Sir Klakkarakk. »Aber im gesamten Einflussbereich Terras gibt es wohl keinen Hersteller, der dazu im Stande wäre, innerhalb kurzer Zeit Raumanzüge für Quogoren anzufertigen.«

Shalyn verzog das Gesicht, als Sir Klakkarakk sein unteres Beinpaar am Hinterleib rieb und so einen jener tiefen, synthesizerähnlichen Brummtöne erzeugte, die er sonst zur Untermalung seiner Heldenlieder zu erzeugen pflegte.

»Dein Chitinpanzer ist in jeder Beziehung widerstandsfähiger als unsere Schutzanzüge. Und temperaturresistent genug bist du ja auch …«

»Allerdings … Zuhause auf Quog habe ich einst eine Expedition in die Polarregion unternommen. Darüber habe ich auch ein Lied komponiert und es mit Elementen unserer Mythologie angereichert …«

»Ein andermal, Sir Klakkarakk«, wehrte Anake ab. »Im Moment weiß wahrscheinlich keiner von uns die Erzeugnisse quogorischer Kultur zu schätzen.«

Dem Insektoiden war nicht anzusehen, wie er Anakes Worte auffasste.

Er bewegte das obere Beinpaar. Eine Geste, die niemand aus dem Landetrupp zu interpretieren wusste.

»Die Strahlungsquelle scheint eine Art Transmitter zu sein«, vermutete Cy, der mit angestrengt wirkendem Gesicht an den Orter-Kontrollen saß. »Zumindest deuten die Daten darauf. Es könnte dort ein Defekt vorliegen …«

»Sehen wir uns das mal an«, sagte Shalyn Shan.

Moranische Technologie, dachte sie. *Die Technik meiner Vorfahren …*

Sie spürte nun auch bei sich die innere Unruhe wachsen.

Was mochte es mit dieser Welt und dem verlassenen Raumhafen auf sich haben?

Einige Minuten später erfolgte der Ausstieg.

Zuerst ging Cy. Er trug ein Strahlungsmessgerät bei sich. Sie alle waren mit Blastern bewaffnet, denn niemand konnte vorhersagen, was ihnen hier begegnete. Darüber hinaus war die Fauna und Flora dieser Welt weitgehend unbekannt – von den walähnlichen Planktonfressern einmal abgesehen, die schon vom Weltraum aus zu orten gewesen waren. Aber es war durchaus möglich, dass die Crew in dieser Hinsicht die eine oder andere unangenehme Überraschung erlebte. Schließlich wäre es nur natürlich gewesen, wenn sich andere Lebewesen den Raumhafen zurückerobert hätten, nachdem die eigentlichen Besitzer ihn zweifellos verlassen hatten.

»Unser Zielpunkt liegt in dieser Richtung«, sagte Cy und deutete mit dem ausgestreckten Arm auf eine Gruppe von Gebäuden. Alle Crewmitglieder, bis auf Sir Klakkarakk, waren über den Helmfunk ihrer Anzüge miteinander verbunden. Allerdings schirmten die Helme kaum akustisch ab, so dass Sir Klakkarakk alles mitbekommen konnte, wenn der Sprecher nicht gerade flüsterte.

»Wir folgen dir einfach, Cy!« meinte Shalyn Shan. »Schließlich hast du das Ortungsgerät.«

»In Ordnung.«

Sie aktivierten die Antigravgürtel ihrer Anzüge und schwebten davon. Sir Klakkarakk hatte ebenfalls einen solchen Gürtel, wenngleich dieser offensichtlich nicht so recht auf die anatomischen Werte eines Quogoren eingestellt war, denn er hatte zunächst erhebliche Schwierigkeiten, an Höhe zu gewinnen.

Cy schwebte an ihn heran und modifizierte die Einstellungen. Von da an hatte der Quogore keine Probleme mehr. Sie überflogen die Flughafengebäude und die dazugehörigen Wohnkomplexe des Raumhafens.

»Die Strahlungsquelle liegt genau vor uns …«

Er deutete auf ein flaches Gebäudedach. Darauf befand sich ein torähnliches Objekt, das von einem flimmernden Leuchten umgeben wurde.

Ein Transmitter.

Groß genug, dass Gleiter oder sogar ein Objekt von der Größe des Beibootes hätte hindurchfliegen können.

Sie landeten auf dem Dach.

»Ich nehme an, dass die Anlage normalerweise von einem Energieschirm umgeben war«, sagte Cy. »Jedenfalls kann ich mir nicht vorstellen, dass man sie einfach so der Witterung ausgesetzt hat ...«

»Dann funktioniert die Anlage nicht richtig ...«, stellte Anake fest.

»Könnte ein Problem in der Energiezufuhr sein. Ich werde das mal checken.«

»Wie ist es mit den Strahlungswerten?« fragte Shalyn.

»Wenn ich mich in den Rechner dieser Anlage einloggen kann, besteht vielleicht eine Möglichkeit, das Problem aus der Welt zu schaffen ...« Cy blickte auf die Anzeigen seines Meßgeräts. »Die Werte sind hier etwas höher, aber unsere Anzüge dürften uns noch gut schützen.«

»Vergleichbar mit Weltraumstrahlung auf einem atmosphärelosen Asteroiden?« fragte Anake.

»Nur von der Intensität her«, gab Cy Auskunft. »Was die Natur dieser Strahlung angeht, wissen wir lediglich, dass die Strahlenfilter unserer Anzüge offenbar wirken ...«

Unweit des flimmernden Tores war eine quaderförmige Konsole. Cy versuchte, mit Hilfe einer Verbindung über seine Cyberbuchsen, Kontakt zum Rechnersystem zu bekommen.

»Brauchst du irgendwelche Hilfe?« fragte Anake.

»Etwas Ruhe«, war die eiskalte Antwort.

»War nur eine Frage.«

»Ich weiß.«

Anake blickte auf das Flimmern in dem torähnlichen Gebilde. Immer wieder leuchtete es auf. Flüchtig waren Formen zu erkennen, aber nur für Sekundenbruchteile. Dann ertönten zischende Laute, wie von elektrischen Schlägen.

Anake stellte fest, dass die Augen von Sir Klakkarakk ebenso intensiv auf das Transmittertor gerichtet waren.

Der Quogore stieß eine Reihe zirpender Laute aus, die völlig sinnlos erschienen.

Irgend etwas regt ihn auf, den alten Heuschreckenritter! ging es Anake durch den Kopf.

Der Quogore näherte sich dem Tor um einige Meter, wedelte mit seinem oberen Beinpaar, begann dann kurzzeitig mit dem unteren am Hinterleib zu reiben, so dass einer der gefürchteten Brummtöne erscholl.

»Da ist etwas!« stieß er dann hervor, bevor einer der anderen sich beklagen konnte. »Ich sehe etwas …«

»Was siehst du?« fragte Anake.

Die Sehorgane eines Quogoren unterschieden sich von denen eines Menschen. Es war also möglich, dass er tatsächlich mehr erkennen konnte …

»Einen Humanoiden … da ist jemand …«

Anakes Nackenhärchen richteten sich auf.

Hast du nicht genau daran gedacht? durchzuckte es ihn. *Für Sekundenbruchteile hast du doch geglaubt, eine Gestalt gesehen zu haben …*

In diesem Moment hatte es Cy geschafft, sich in den Rechner der Anlage einzuloggen. Das entsprechende Modul funktionierte ganz offensichtlich sogar noch. Zumindest teilweise. Ein Energieschirm bildete sich, spannte sich wie ein rotschimmerndes Lichtdach über die Anlage.

»Ah, so ist das also gedacht«, flüsterte Cy.

Shalyn zog angesichts dieser bei dem Cyborg ungewöhnlichen Expressivität die Augenbrauen hoch.

Anake trat an Cy heran, hob seinen eigenen Scanner dem Transmittertor entgegen.

»Soll ich die Temperatur mal ein bisschen höher drehen?« fragte Cy indessen. »Ist alles möglich …«

»Was, verdammt noch mal, hat Sir Klakkarakk gesehen?« fragte Shalyn.

Cy zuckte die Schultern.

»Was weiß ich … einen Spiegelreflex seines Chitinpanzers …«

»Ich habe es auch gesehen«, widersprach Anake, starrte dabei abwechselnd auf die Anzeigen seines Scanners und das Flimmern. Diese Lichterscheinung schien zu pulsieren, wurde für einige Intervalle stärker, dann verblasste sie wieder.

Anake wandte sich an Cy. »Könnte es sich um eine Art Stasis-Feld handeln?«

Cy betrachtete seine eigenen Anzeigen, nickte dann.

»Möglich ...«

»Da wird etwas gefangen gehalten«, schloss Sir Klakkarakk, »oder besser: *jemand* ...«

»Einen Augenblick, ich habe die Funktionen des Transmitters gleich heraus«, versprach Cy, der sich über seine Cyberbuchse mit der Anlage verbunden hatte. Der Torbogen leuchtete plötzlich grell auf. Dann war der Energieschirm auf einmal wieder fort und ein kalter Wind wehte herüber. Außer Sir Klakkarakk spürte das natürlich niemand, da sonst alle Raumanzüge trugen. Der Quogore wedelte aufgeregt mit dem unteren Beinpaar.

»Sorry«, rief Cy zu ihm hinüber.

In der nächsten Sekunde war der Energieschirm wieder da.

Das Leuchten um den Torbogen verschwand.

Das Flimmern innerhalb des Bogens – das Stasisfeld – löste sich auf. Eine Gestalt wurde sichtbar. Ein Humanoide taumelte durch das Tor, den Neuankömmlingen entgegen. Er fiel zu Boden.

»Strahlungsniveau auf Null«, meldete Cy. »Wir können gefahrlos die Helme öffnen.«

»Scheint ein absichtlich herbeigeführter Defekt gewesen zu sein«, kommentierte Anake. »Wenn dieser Begriff überhaupt passend ist.«

Vorsichtig näherten sich Anake und Shalyn dann dem Humanoiden. Dieser erhob sich. Die schockgrünen Augen wiesen ihn als Moraner aus. Seine silberfarbenen Haare waren zu einem Pferdeschwanz nach hinten gebunden worden ... Er trug einen hellbraunen Overall mit Dutzenden von Taschen. Hier und da schienen sich technische Kleingeräte aus dem Stoff zu beulen.

»Ich bin Kommandantin Shalyn Shan vom Forschungsschiff PROMET IV«, erklärte Shalyn. Sie nahm als natürlich an, dass der Moraner Interstar verstand, die weit über 2.000 Jahre alte *lingua franca* unseres Milchstraßenarmes.

Er musterte sie.

»Ist das ein *moranisches* Schiff?« fragte er mit dunkler Stimme.

»Nein«, sagte Shalyn.

»Aber du bist Moranerin!«

»Das schon.«

»Dann verstehe ich nicht ...«

Er stand auf, ging auf Shalyn und Anake zu und verharrte dann.

Dieser Mann weiß nicht, dass unsere Heimat nicht mehr existiert, wurde es Shalyn klar. Ihr Heimatplanet Moran lag im Ringnebel der Leier, ungefähr 5.700 Lichtjahre von Terra entfernt.

Moran wurde am Montag, dem 25. August 2059, von Schwarzen Hantelraumern zerstört. Es überlebten nur etwas mehr als 2.500 Moraner die Katastrophe.

In ihrer verzweifelten Lage setzten sie alles daran, jene Sauerstoffwelt wiederzufinden, die nach etwa 30.000 Jahre Alten Berichten ideal für eine Besiedelung war und nur von Halbwilden bewohnt sein sollte.

Über dem gesuchten Planeten entkam Arn Borul am Freitag, dem 28. Januar 2089, als einziger ihrem explodierenden Suchschiff TIRA. Mit dem Raumer gingen die Koordinaten Morans verloren. Von Peet Orell, dem Sohn des Besitzers der HTO-Raumschiffwerft, gerettet und von Ärzten operativ auf das Seh- und Hörvermögen der Menschen umgestellt, wurde Arn Borul dessen Freund. Orell verdankte es dem Moraner, dass seine Raumyacht PROMET mit dem ersten Transitionstriebwerk ausgerüstet wurde, und Arn Borul hoffte, mit ihm seine Heimatwelt Moran wiederzufinden.

Hinter Pluto entdeckte die PROMET im Januar 2090 einen vor 1.350 Jahren teilzerstörten Kugelraumer und richtete ihn als BASIS I für das Schiff ein.

Im November 2090 konnten die wenigen Überlebenden Moraner in letzter Sekunde vor dem Tod gerettet werden. Seitdem hatten sie auf dem Planeten Suuk eine neue Heimat gefunden.

»Moran existiert nicht mehr«, sagte sie. »Vor etwa einem halben Jahrhundert schon wurde der Planet zerstört …«

Als sie die Zeitangabe aussprach fiel ihr ein, dass der Moraner nichts damit anfangen konnte. Auf Moran, dem vierten von zehn Planeten der blauen UV-Sonne Kyl, war ein Jahr fast doppelt so lang gewesen, wie eines auf der Erde. Ähnlich wie im Sol-System beim vierten Planeten Mars.

»Zerstört …«, echote der Moraner ungläubig.

Seine Sprechweise war eigenartig abgehackt. Sein Gesichtsausdruck wirkte abweisend.

»Vielleicht beantwortest du erst einmal unsere Fragen«, forderte Shalyn. »Wer bist du?«

Der Moraner zögerte. Dann brachte er schließlich hervor: »Mein Name ist Kondar Tenn, ich bin der Wächter des Ewigen …«

9.

17. Juli 2108: Kanada Northwest-Territories, 14:00 Uhr Mountain Standard Time

Außerhalb des Geländes der HTO Corporation, rund 200 Kilometer vom Großen Sklavensee entfernt, befand sich an diesem Tag ein riesiger Parkplatz. Hunderte von Gleitern standen hier auf engstem Raum, die verschiedensten Modelle, von einfach und billig bis hin zu luxuriös und kaum bezahlbar waren darunter zu finden.

Und dennoch waren all die Tausende von Menschen, die heute hier zusammengekommen waren, irgendwie gleich in ihrer Trauer um die Toten der Gagarin.

Lange Wochen hatte es gedauert, bis alle Überreste der Besatzung gefunden worden waren. Und dann hatten sich teilweise herzzerreißende und erschütternde Szenen abgespielt, als die Angehörigen zur Identifizierung herangezogen werden mussten. Es war ein so sinnloser Tod gewesen.

Aber die meisten der Angehörigen wünschten sich trotzdem, dass mit dieser abschließenden Trauerfeier auch ein neues Kapitel in den Beziehungen zwischen Menschen und K'inga aufgeschlagen wurde. Wenn dieser Tod nicht völlig sinnlos gewesen sein sollte, dann musste daraus einfach etwas Gutes, Neues entstehen. Mit der tragischen Vernichtung der Gagarin und diesem öffentlichen Abschiednehmen sollte eine friedliche Kooperation beginnen. Gerade diejenigen, die am härtesten betroffen waren, hatten den Willen zum Frieden und zur Versöhnung ausgesprochen — ganz im Gegensatz zu den vielen anderen, die diese Veranstaltung im Sperrkreis I der HTO Corporation nutzten, um mit lautstarken Demonstrationen Vergeltung und Rache zu fordern.

Die Opfer selbst waren in ihren Heimatorten bestattet worden, meist nur im Kreis der Familie. Diese überregionale, abschließende

Trauerfeier sollte einen Schluss-Strich ziehen, um auch den Angehörigen endlich Zeit für die persönliche Trauer zu geben.

Vierundvierzig Tote waren zu beklagen – vierundvierzig Schicksale, die die Welt erschüttert hatten.

Nicht geringen Anteil an der Aufwiegelung vieler Menschen, die hier mit holografischen Transparenten ihre Wut skandierten, hatten einige verantwortungslose Reporter. Um große Quoten zu machen, war oft genug auf eine wahrheitsgetreue und detaillierte Berichterstattung verzichtet worden. Statt dessen hatten Schlagworte die Runden gemacht, die sich jetzt auf den Transparenten wiederfanden und ausgesprochen undifferenziert oder auch einfach nur dumm waren.

›Nur ein toter K'inga ist ein guter K'inga!‹ – ›Tötet sie, einer ist wie der andere!‹ – ›Rache für Blut – 44 tote Menschen = 44 000 tote K'inga!‹ – ›Auge um Auge, Blut um Blut!‹

Das alles klang wie eine wohldosiert aufgebaute Hetzkampagne, aber Peet Orell, der voller Sorge und Trauer diesen Aufmarsch sah, war sich nicht sicher, ob die Reporter, die diese Hetzjagd gestartet hatten, auch wirklich wussten, was sie taten. Musste denn die Menschlichkeit und das Verstehen und Verzeihen wirklich nur der Einschaltquote weichen? Was bewog diese Menschen einer blinden, unwahren Schlagzeile zuliebe auf die Wahrheit zu verzichten? Andererseits spiegelten sie nur die Ansichten und Aussagen General Armstrongs wider, der es doch auch eigentlich hätte besser wissen müssen. Denn er gehörte zu den wenigen, die über jedes Detail unterrichtet waren. Und dennoch blieb auch der General weiter bei seiner Starrköpfigkeit, er weigerte sich auch standhaft, an dieser Trauerfeier teilzunehmen.

Neben Peet, dem Chef der HTO, stand die Moranerin Junici Borul. Ihre schockgrünen Augen glitten über die Menschenmenge, die seltsam bedrohlich und aufgepeitscht wirkte. Die Menschheit war eigentlich nicht gegen Außerirdische an sich eingestellt, wie die Moraner sehr gut wussten. Die Erde war für sie, die ihre Heimat verloren hatten, zu einer neuen Heimat geworden, und auch ihr etwas anderes Aussehen hatte ihnen niemals Anfeindungen eingebracht. Dass sich jetzt so viele Menschen zusammengefunden hatten, um gegen die humanoid aussehenden K'inga zu protestieren, um sogar einen Krieg zu fordern, fand Junici, die als Chefberaterin für extraterrestrische Kontakte fungierte, kaum verständlich.

Verstohlen drückte Peet ihr die Hand.

»Ein Mensch ist vernünftig – viele Menschen sind eine Masse oder Herde, die einem Leithammel folgen und das Denken einstellen. Leider manchmal mit einem fatalen Ergebnis«, gab er eine uralte Weisheit zum Besten.

»Und sie überlegen nicht mehr, was sie tun, nein?« fragte Junici traurig.

»Wenn ihnen jemand das Denken abnimmt, so wie hier einige verantwortungslose Reporter, die nur eine Quote im Auge haben – nein. Da hast du wohl recht«, gab Peet zurück. »Und deshalb muss es deine – muss es unsere Aufgabe sein, ihnen allen klarzumachen, dass auch die K'inga Lebewesen wie wir Menschen sind – mit Freude, Trauer und Leid. Sie sind keine Monster. Auch sie möchten leben – ebenso wie wir alle.«

Peet und Junici standen auf der Haupttribüne, die man extra für die Angehörigen, Trauerredner und Ehrengäste errichtet hatte, von hier hatten sie einen guten Ausblick auf das Treiben.

Sicherheitskräfte der HTO und der World-Police sorgten dafür, dass die Veranstaltung bis jetzt ruhig und geordnet ablief. Rechts von der Tribüne gab es eine Art Pressezentrum für die akkreditierten Journalisten, jene, die Sorgfalt und Genauigkeit an den Tag legten und es vermieden, mit Schlagworten und Latrinenparolen die Blutgier einiger Menschen zu erfüllen. Dort aber stand auch eine Reihe von Monitoren, die von den verschiedenen fliegenden und statischen Kameras der Umgebung die Übertragung lieferten. Orells Blick und Aufmerksamkeit wurde jetzt von einem der Bildschirme festgehalten, er strengte sich an, um zu hören, was da vor sich ging. Einer der nicht hier oben zugelassenen Reporter, die sich stattdessen draußen in der Menschenmenge aufhielten, schlug gerade wieder in die Kerbe der Demagogie.

»Hier sind wir also, liebe Zuschauer, die Sie nicht dabei sein können. Tausende von Menschen geben hier auf der offiziellen Trauerveranstaltung ihre Meinung kund, und diese Meinung ist einhellig.

Wir wollen keinen Kontakt zu den K'inga!

Diplomatische Beziehungen zu einem Volk von Mördern können uns Menschen keinen Vorteil bringen. Und wo bleibt die Vergeltung für unsere vierundvierzig Opfer? Es ist an der Zeit, dass der Weltrat, aber auch die Spitze der HTO, die einen unangemessen großen Einfluss auf die Politik hat, endlich den Willen der Mehrheit der Terraner respektiert. Doch aufgrund wirtschaftlicher Interessen, die wiederum nur der HTO zugute kommen, wird der grausame Tod von vierundvierzig Menschen unter den Teppich gekehrt. Ja, glauben denn die Verantwortlichen, mit dieser Trauerfeier könnten sie sich freikaufen? Ist es ihnen wirklich entgangen, dass das ganze Volk der Erde nichts von diesen brutalen Schlächtern aus dem hochtrabenden Reich der zwölf Monde wissen will? Sind Geld und Handelsbeziehungen denn alles, und muss man dafür seine friedlichen Überzeugungen opfern?

Diese Veranstaltung hier auf dem Gelände der HTO hat nichts weiter als eine Alibifunktion und soll uns allen, liebe Zuschauer, Sand in die wachen Augen streuen. Die Menschen hier, die friedlich demonstrieren – ihr Wille, wie auch der Wille der Milliarden Zuschauer an den Geräten zuhause, wird einfach ignoriert. Und wie Sie alle sehen können, werden die Demonstranten von schwerbewaffneten Sicherheitsbeamten wie auch von der World-Police regelrecht eingekesselt. Es ist ein Trauerspiel, dass die Space-Police sich derart instrumentalisieren lässt.

Da stellt sich natürlich auch die Frage, welchen Vorteil der Weltrat davon hat, dass die HTO so massiv in ihren Vorhaben unterstützt wird …«

Peet ballte die Fäuste zusammen, bis die Knöchel weiß hervortraten, seine Stimme war rau, als er jetzt Anweisungen gab.

»Bringt diesen Kerl zum Schweigen. Hier ist schon ein Pulverfass, und er gießt noch Benzin drauf.«

Dieses Mal war es Junici, die ihm beruhigend eine Hand auf den Arm legte, sie hatte verfolgt, worauf er sich konzentrierte.

»Auch, wenn es uns schlimm erscheint, Peet, lass ihn reden. Oder willst du eine Zensur einführen und ihm damit auch noch Recht geben?«

Peet schloss für einen Moment gequält die Augen. Wer ihn kannte, wusste, dass ihm das Wohl der Menschen am Herzen lag. Natürlich war es auch wichtig, dass die HTO florierte, doch es waren nicht allein wirtschaftliche Interessen, die einen Krieg mit den K'inga verhindern sollten. Es war vordergründig das Leid ungezählter Lebewesen.

Oder sollte es noch mehr Trauerfeiern dieser Art geben – im Namen der galaktischen und kriegerischen Großmacht Terra?

Junici hatte Recht. Er durfte sich jetzt nicht auch noch dem Verdacht aussetzen, die Welt zu manipulieren und die Pressefreiheit zu beschneiden. Nicht einmal dann, wenn solch ein Unsinn verbreitet wurde wie im Augenblick.

Und doch ließ er eine Notiz machen; mit diesem Mann würde er sich später noch einmal beschäftigen.

Er schaute auf sein Chrono; bis zur Landung des Raumschiffes mit den Botschaftern aus dem Reich der zwölf Monde würde es noch eine Weile dauern. Und Thorwald, wie auch Haydee Gardner hatten darum gebeten, bei der Trauerfeier anwesend sein zu dürfen.

Nun, bis dahin konnten er und die Moranerin noch einige Überzeugungsarbeit leisten.

Orell trat vor das Mikro, von wo aus jedes Wort über die ganze Anlage des Sperrbezirkes I übertragen wurde. Junici stand dicht an seiner Seite.

»Wir alle sind heute hier, um derer zu gedenken, die bei einem tragischen Unglücksfall ihr Leben verloren haben«, begann er, und schlagartig verstummte das Gerede der Menschen auf der großen Freifläche. Selbst die Demonstranten und die Reporter schwiegen.

Junici übernahm, ohne das mit Peet abgesprochen zu haben. Sie richtete den Blick auf die vielen Menschen, straffte sich unwillkürlich und sprach ohne Konzept, aus dem Herzen heraus.

»Viele von Ihnen sind hier, weil sie teilnehmen wollen an der Verabschiedung. Wir denken an vierundvierzig Menschen, die bei einem Angriff von außerirdischen Wesen ihr Leben verloren haben. Ich weiß, dass viele unter Ihnen sind, in deren Herzen der Schrei nach Rache brennt. Rache an dem Volk, aus dessen Reihen derjenige stammte, der die Menschen getötet hat. Aber ist es wirklich Ihr

Wunsch, ein ganzes Volk, ein ganzes Sonnensystem mit einer gewaltigen Ausdehnung, mit Krieg zu überziehen? Die toten Menschen werden dadurch nicht wieder lebendig. Stattdessen wird es noch viel mehr Tote geben – auf beiden Seiten. Und dann werden wir wieder hier oder an anderer Stelle stehen und ihrer gedenken. Mit noch mehr Hass im Herzen – und mit Blut an den Händen.

Es war ein K'inga, Yax Karran, der die GAGARIN angriff und das Leben der Menschen nahm. Einer aus einem Volk von vielen Millionen.

Auch auf der Erde gab und gibt es Mord. Ist deswegen die gesamte Menschheit ein Volk von Mördern? Muss deswegen die ganze Menschheit darunter leiden und womöglich ausgerottet werden? Oder ist es nicht vielmehr so, dass derjenige, der Unrecht tut, eine Strafe verdient?

So hat auch der K'inga, zugegebenermaßen ein Psychopath, seine Strafe erhalten. Er ist längst tot.

Was also bringt es den Menschen jetzt, einen Krieg anzuzetteln, der nur noch mehr Blut und Tränen fordert?«

»Aber die K'inga sind kriegerisch und werden uns abschlachten, wenn wir nicht schneller sind«, brüllte eine Stimme aus der Menge der Demonstranten.

»Woher wissen Sie das? Haben Sie eine direkte Leitung zum Kriegsminister von Kaiser Carsif, wenn es denn überhaupt einen Kriegsminister dort gibt?«

Leises Gelächter. Peet mischte sich ein.

»Oder haben Sie diese Informationen nicht vielmehr aus einer der Nachrichtensendungen, die ihre Zuschauer mit Meldungen füttern, die sie sich aus den Fingern gesaugt haben? Dann können Sie auch gleich an Drachen im Wurmloch glauben.«

Ein Sturm der Entrüstung brach los, und Peet konnte sicher sein, jetzt die Aufmerksamkeit auch des letzten Journalisten zu haben. Noch immer war er von einiger Wut erfüllt, doch Junici spürte seinen Zustand und versuchte sachlich weiterzumachen, obwohl sie ebenfalls erbost darüber war, dass Menschen hier regelrecht manipuliert wurden.

Aber war das nicht immer schon so gewesen?

Nun war es an ihr, die Wahrheit über die K'inga zu verbreiten, so dass auch der normale Mensch, der keine große Erfahrung und auch nur wenig Berührung mit Außerirdischen hatte, verstand und akzeptierte.

Der Mensch an sich fürchtet das, was er nicht kennt, kam ihr eine uralte Erkenntnis in den Sinn. Also musste sie dafür sorgen, dass die Menschen die K'inga kennen lernten, um sich nicht mehr zu fürchten.

»Die K'inga unterscheiden sich von den Menschen nur sehr wenig, rein äußerlich jedenfalls«, sagte sie also. »Wenn einer von ihnen unter uns wäre, würden Sie es nicht einmal merken. Das verbindet uns alle, Sie, uns Moraner und die K'inga. Ich kann mich gut daran erinnern, dass wir Moraner von Ihnen, von den Menschen, Ende des Jahres 2090 ohne große Vorurteile oder Angst aufgenommen wurden. Versuchen Sie es also doch noch einmal. Immerhin haben die K'inga den Menschen auch etwas zu bieten – die Entdeckung des Fremden.

Ein System, in welcher die Zivilisation sich auf zwölf Monde verteilt, sollte eigentlich Ihrer aller Neugier wecken. Die Kulturen sind unterschiedlich, und wir alle könnten voneinander lernen. Aber nicht dann, wenn nicht beide Seiten bereit sind, einen Schritt aufeinander zuzugehen.

Niemand wird verlangen, dass Sie das Sterben dieser Opfer und deren tragische Umstände vergessen. Ich bitte Sie aber darum, den Versuch zu machen, den Hass und die verständliche Erregung, wie auch den Wunsch nach Rache zunächst ruhen zu lassen. Lernen Sie die anderen kennen – und urteilen Sie erst dann. Verurteilen Sie nicht, denn die Schuldigen am Tod der Besatzung der GAGARIN sind schon bestraft.«

»Wenn einer so ist, dann sind alle so!« rief jemand aus der Menge.

Bisher schien Junici die richtigen Worte gefunden zu haben, denn ein Großteil der Menschen hatte aufmerksam zugehört, und die teils nachdenklichen Mienen bewiesen ihr, dass zumindest viele von ihnen die Worte aufnahmen. Aber es gab noch genügend von denen, die nur das hörten, was sie hören wollten – und bei denen jedes noch so logische Argument und jeder Appell verschwendet war.

Junici fasste jetzt den Zwischenrufer ins Auge, was nicht so ganz einfach war.

»Haben Sie in Ihrem Leben noch nie einen Fehler gemacht?« fragte sie ihn laut. »Und möchten Sie, dass die ganze Menschheit an Ihrem Fehler gemessen und daraufhin verurteilt wird? Oder bleiben wir im kleinen, überschaubaren Bereich. Möchten Sie, dass Ihre Frau, Ihre Kinder, Ihre ganze Familie dafür büßen muss, dass *Sie* einen Fehler gemacht haben?

Ganz bestimmt nicht. So sollten Sie auch nicht anhand der Verblendung einzelner K'inga auf das ganze Volk schließen«, wiederholte sie geduldig.

Da Junici gerade einen Menschen persönlich angesprochen hatte, begann wenigstens dieser nachzudenken, und einige andere ebenfalls. Vielleicht würde man es schaffen, jeden einzelnen zu überzeugen, doch wer sollte soviel Zeit haben?

»Ich appelliere eindringlich an Sie alle, das zu zeigen, was uns Menschen bis in den Weltraum gebracht hat«, sagte jetzt Peet. »Wir Menschen sind hartnäckig, neugierig, aber auch offen und tolerant. Lassen Sie uns auf andere Rassen zugehen, um Konflikte zu bereinigen. So werden wir auch in der Galaxis den Ruf einer Rasse erlangen, die friedliebend und vernünftig ist. Das heißt schließlich nicht, dass wir dumm oder feige sein müssen. Sollte es sich als notwendig erweisen zu kämpfen, so werden wir das auch tun. Aber der Kampf sollte und darf immer nur das letzte Mittel sein. Schieben wir doch lieber die Neugier, unseren angeborenen Forscherdrang, in den Vordergrund. – In wenigen Minuten wird das Raumschiff landen, das die offiziellen Botschafter bringt. K'inga, die hier auf der Erde aufgewachsen sind, unter uns. Das allein bedeutet schon Verstehen und Sympathie.«

Nicht alle waren überzeugt, doch es gab mehr Gesichter, die nachdenklich wirkten.

Das Gellen der Alarmsirenen fuhr Miron Trand durch Mark und Bein. Er hatte schon genügend Einsätze erlebt, um sich nicht durch den Alarm beirren zu lassen, doch das Bild, das sich auf den Sichtschirmen zeigte, war genug Grund zur Besorgnis.

Miron Trand war der Schiffer der FORKATT, einem Kampfschiff seiner Majestät Ryon Carsifs, mit dem ehrenvollen Auftrag, die beiden Verräter am Volk der K'inga – Perrs und Poyle – zu ihrem Exil nach Othan zu überführen. Genau wie viele andere K'inga auch, hätte er die zwei lieber tot gesehen, doch er fügte sich dem Wunsch des Kaisers, den Abschaum auf Lebenszeit in die Einöde zu verbannen.

»Soweit wir erkennen können, sind es zwei Schiffe«, meldete der Navigationsoffizier. »Eines weist definitiv Tropfenform auf!«

Tropfenform ...

Die Tobes, der verhaßte Todfeind der K'inga.

»Kampfstationen bereithalten!« befahl Miron Trand und ließ sich schwer in seinen Sessel fallen. Für eine Sekunde hatte er das Gefühl, als würde die Intensität der Alarmsirenen noch zunehmen.

Der Schirm zeigte nun deutlich, wie sich ein tropfenförmiges Raumschiff aus der Atmosphäre Othans in den freien Weltraum bewegte ...

Anake flog mit dem Antigravgürtel zurück zum Beiboot. Er startete es und landete es wenig später punktgenau neben der Transmitteranlage. Cy schaltete dafür den Schutzschirm ab und ließ ihn deaktiviert.

Shalyn befragte den Fremden derweil.

Zwischendurch gab sie der PROMET den Befehl zur Landung. Das Beiboot konnte vier Personen an Bord nehmen. Es war also nicht möglich, den fremden Moraner an Bord zu nehmen.

Wenig später schwebte die PROMET über der Transmitteranlage.

Ihre Besatzung hatte die Geschehnisse um den Moraner, der sich selbst als *Wächter des Ewigen* bezeichnete, per Bildübertragung ebenso mitbekommen wie Arn Borul und die Crew der JOLLY ROGER. Letztere blieb aus Sicherheitsgründen zunächst einmal im Orbit.

Kondar Tenn war alles in allem nicht sonderlich auskunftsfreudig. Er erklärte, für einen Zeitraum, der 117 irdischen Jahren entsprach, in dem Stasisfeld auf Okyron gefangen gewesen zu sein. Okyron wurde dieser Planet genannt. Der Name sagte der Crew nichts.

Insgesamt gab Kondar an, über vierhundert Jahre alt zu sein. Die Wächter des Ewigen, so berichtete er, seien besonders langlebig.

»Wer ist der Ewige, der dich zum Wächter machte?« fragte Shalyn.

Kondar Tenns Gesichtsausdruck blieb abweisend.

Die Emotionen, die die Empathin wahrnahm, ließen sämtliche Alarmglocken in ihr schrillen. Da war ein diffuses Gemisch aus …

»Ich bin Wächter im Dienst des Ewigen Tyzar. Er hat Angehörige vieler Völker für diese Aufgabe ausgewählt.«

»Wer ist Tyzar?«

»Der Ewige … Ich weiß nicht, wie ich es sonst erklären soll. Er lebt am anderen Ende dieser Galaxis und ich arbeite in seinem Auftrag …«

Er will nicht mehr darüber sagen, erkannte Shalyn. Und er war durchaus geschickt darin, den Fragen der Kommandantin auszuweichen.

»Wir kommen von einer Welt, die wir Orange nennen. Dort befand sich eine Station, die halb zerstört war. Es gab dort eine Reihe von Kryokammern. Die meisten waren nicht mehr in Betrieb … unter anderem befand sich dort ein havarierter Jäger, dessen Zielkoordinaten auf diesen Planeten lauteten.«

Kondar Tenn lächelte.

»Das ist möglich«, sagte er. Sein Blick wurde glasig, war nach innen gerichtet. »So ist auch die Station zerstört?« fragte er stokkend. »Wie Moran …«

»Ja.«

»Es ist viel Zeit vergangen … Sehr viel Zeit.«

»Warum haben Sie all diese Schläfer in den Kryokammern von ihren Planeten geholt? Wir haben die Überlebenden an Bord unseres Schiffes. Siebenbeiner, Ratiner, Pygmas … Es sind Angehörige unterschiedlichster Völker darunter.«

»Ich habe diese Lebewesen nicht von ihren Welten eingesammelt«, verteidigte sich Kondar Tenn.

»Wir haben die Erinnerungen eines Siebenbeiners mit Hilfe eines Mentalspürers reaktiviert«, sagte Shalyn, in der Hoffnung, dass der Moraner dann bereitwilliger sein Wissen preisgab. Er sollte denken, dass es sinnlos war, sich etwas auszudenken.

In seinem Gesicht zuckte kurz ein Muskel.

»Dann müsstet ihr wissen, was geschehen ist … Ich rettete diese Individuen aus einem brennenden Schiff und brachte sie zu der Station und dann hierher nach Okyron, um ihr Überleben zu gewährleisten …«

Shalyn nahm starke Erregung wahr.

Zunächst glaubte sie, diese Empfindung bei ihrem Gegenüber hätte etwas mit dem Schicksal der Lebewesen in den Kryokammern zu tun. Doch sie erkannte bald, dass das ein Irrtum war. Etwas anderes beunruhigte Kondar Tenn viel mehr.

»Ich muss zu Tyzar …« Er deutete in Richtung des Transmitters. »So viel Zeit ist vergangen. Ich muss zurück …« Dann blickte er zu Cy hinüber, der an der Konsole stand. »Du kontrollierst den Transmitter«, schloß er.

Cy nickte.

»So ist es.«

Und Shalyn ergänzte: »Wir können dich vorerst nicht gehen lassen, Kondar Tenn.«

»Warum nicht?«

»Unsere Fragen sind nur zum Teil beantwortet …«

»Und vorher werdet ihr mich nicht gehen lassen …?«

»So ist es.«

Er griff an eine bestimmte Stelle seines Overalls. Im nächsten Moment stellte Shalyn fest, dass sie nicht mehr in der Lage war, sich zu bewegen. Vollkommen starr stand sie da, gelähmt durch ein eigenartiges Kraftfeld, das sie erfasst hatte. Den anderen ging es ähnlich. Selbst Sir Klakkarakk war von dieser Attacke betroffen.

»Tut mir leid«, sagte Kondar und lief auf das Beiboot zu. Er blieb kurz stehen, dann holte er eines der Miniaturgeräte aus seinen Taschen und öffnete damit die Eingangsschleuse.

Dieses kleine Raumschiff kam ihm wie gerufen. Damit würde er durch den Transmitter fliegen … Er war sicher, dass er es leicht beherrschen konnte.

Er öffnete einen Funkkanal.

»Hier Kondar Tenn an Raumschiff PROMET. Unternehmt nichts! Eure Crewmitglieder habe ich mit Hilfe eines Hypnogenerators unter direkter Willenskontrolle. Sie sind meine Gefangenen. Wenn ich es will, lasse ich sie sich gegenseitig erschießen … Wenn Sie mich durch den Transmitter fliegen lassen, geschieht nichts …«

Dann begann er, indem er Cy manipulierte, den Transmitter richtig zu konfigurieren.

Es kam eine Funkmeldung von der PROMET.

Patrick O'Healy erschien auf einem der Bildschirme des Beibootes.

»Wenn das Beiboot starten sollte, werden wir feuern«, kündigte der Major an.

»Ich könnte die Crewmitglieder töten …«

»Aber unsere Laserkanone würde vorher das Beiboot zerstören. Sieht nach einem Patt aus, Kondar Tenn!«

»Das sehe ich anders!«

»Ach, ja?«

»Ihr werdet euch jetzt von einigen eurer Crewmitglieder verabschieden müssen! Erschossen von der eigenen Kommandantin! Ein trauriges Schicksal.«

»Ein riskantes Spiel, Kondar!«

»Für euch!«

»Unsere Blaster sind routinemäßig auf Betäubung eingestellt. Ich nehme an, dass unsere Crewmitglieder in dem Moment, in dem sie sich gegenseitig betäuben, auch aus dem Einfluß des Hypnogenerators herausfallen … Also nur zu!«

O'Healys Blick drückte Entschlossenheit aus.

Er will Zeit gewinnen! durchzuckte es Kondar Tenn. *Und das Schlimme ist, dass er das auch schafft …*

Die Verbindung wurde von der PROMET aus unterbrochen.

Ein Psycho-Spiel, dachte Kondar. *Verdammt, dieser eigenartig angezogene Humanoide hat was auf dem Kasten!*

Der Hauptbildschirm der FORKATT zeigte nun deutlich, wie sich ein tropfenförmiges Raumschiff aus der Atmosphäre Othans in den freien Weltraum bewegte …

… und genau dieses Bild sahen auch Poyle und Perrs, die durch den Alarm aufgeschreckt und kurzzeitig aus ihrem lethargischen Zustand gerissen worden waren.

»W-was ist das?« stotterte Poyle.

Er erhob sich von der Pritsche und ging näher an den Wandbildschirm heran.

»Ein Schiff«, stellte der Ex-Minister trocken fest und sank wieder in sich zusammen.

»Das sehe ich auch, Ihr Komiker«, fauchte der Neffe von Radex. »Aber was hat es auf Othan verloren?«

Draußen auf dem Gang erschallten Schritte. Befehle wurden gerufen. Aufgeregtes Gemurmel ertönte.

Mehr als einmal fiel das Wort *Tobes*, und Poyle war sich sicher, es mit dem Gegner der K'inga zu tun zu haben. Er schwang herum, trat an Perrs heran, packte diesen bei den Schultern und schüttelte ihn so lange, bis sein Blick aufklarte.

»Perrs, das ist die Rettung!« rief er triumphierend aus.

»Habt Ihr einen Weltraumkoller?«

»Nein, redet keinen Schwachsinn. Die Tobes greifen an. Wir müssen nur einen günstigen Augenblick abwarten und uns dann von Bord stehlen.«

Perrs runzelte die Stirn. Sein Blick irrte zwischen Poyle und dem Bildschirm hin und her.

»Und wie habt Ihr Euch das vorgestellt?« fragte er. »Sollen wir einfach durch die nächste Luftschleuse spazieren und so lange die Luft anhalten?«

»Wir werden ein Beiboot kapern, mein Lieber«, gab Poyle zurück. Seine Augen schimmerten feucht. Anscheinend glaubte er selbst nicht daran, was er da von sich gab.

Er wandte sich wieder zum Bildschirm um und wartete.

Wartete auf das Strahlengefecht.

Auf die erste Salve, die die Tobes abfeuerten.

»Und wenn …«, fragte Perrs.

Der Einschlag würde die Schutzschirme der FORKATT zusammenbrechen lassen.

»… sie das Schiff …«

Die Wände würden nachgeben, die Elektronik der Türverriegelung versagen. Sie würden einfach durch den Ausgang spazieren, im Chaos ein Beiboot einnehmen und auf Nimmerwiedersehen verschwinden.

»… gleich beim ersten Angriff vernichten?«

So einfach hätte sich Poyle ihre Befreiung nicht erträumen lassen. Er sah sich bereits auf der TANNHÄUSER-Station in den Armen der verruchten Frauen liegen. Man würde ihn für tot erklären, denn das Massaker der Tobes konnte die Besatzung der FORKATT nicht überleben.

Perrs Frage hallte in ihm nach. Erst langsam wurde er sich der Worte bewusst, die seine Träume wie eine Seifenblase zerplatzen ließen.

»Was? Was habt Ihr gesagt?«

Perrs breitete die Arme aus. »Nun, die Tobes könnten die FORKATT gleich mit der ersten Attacke aus dem Universum pusten.«

O nein! Das Schwindelgefühl kam urplötzlich und ließ Poyle wanken. Er suchte Halt an der Wand, fand jedoch keinen und rutschte daran entlang herunter zu Boden. Seine Augen füllten sich mit Tränen. In Gedanken sah er bereits die todbringenden Strahlen, die über den Bildschirm zuckten und sein Lebenslicht binnen eines Sekundenbruchteils auslöschten.

Wenigstens ein schneller Tod, redete er sich ein, doch auch dieser Gedanke wurde von Zweifeln zerstreut.

»Vielleicht machen sie Gefangene, die sie foltern und verhören können«, gab Perrs zu bedenken. »Wir wären besser dran gewesen, hätte uns Carsif hinrichten lassen.«

Poyle vernahm die Worte des anderen, wie durch einen dicken Wattebausch. Das Blut rauschte in seinen Ohren. Sein Herz hämmerte überlaut, und er spürte einen entsetzlich dicken Kloß in seiner Kehle.

Das ist das Ende …

Perrs und Poyle versanken in depressive, manische Zustände und warteten auf einen Tod, der dann doch nicht so schnell kam.

Das Gesicht von Patrick O'Healy erschien auf einem der Schirme in der Zentrale der JOLLY ROGER.

Arn Borul hörte ungeduldig die Worte des Majors, gleichzeitig sah er auf einem anderen Bildschirm, was sich bei dem Transmitter zugetragen hatte.

David Brodie und Vivien Raid standen in seiner Nähe.

»Wir kommen 'runter«, kündigte Arn Borul an.

»Ich weiß nicht, wie lange ich ihn noch hinhalten kann«, sagte O'Healy.

»Wenn wir den Anticomp einsetzen, sitzt er in der Falle«, glaubte Borul.

»Leider sind alle, die den bedienen können nicht an Bord! Zudem müsste das Gerät bei diesem Einsatz sehr genau justiert werden. Schließlich soll die Tronik an Bord des Beibootes außer Gefecht gesetzt werden – aber keineswegs der Rechner des Transmitters.«

»Schon klar«, nickte Borul.

Schließlich wollten sie herausfinden, was sich auf der anderen Seite dieser Sternenstraße befand.

Vielleicht hängt diese Transmitterverbindung mit den Galaktern zusammen, dachte Borul und fühlte sich dabei wie elektrisiert.[5)]

»Das wird sich gleich ändern ...« Borul wandte sich an Helmut M'Banga. »Kurs auf den alten Raumhafen«, befahl er. »Landen Sie an einer geschützten Stelle in der Nähe des Transmitters.«

»Okay ...«

Die JOLLY ROGER tauchte in die Atmosphäre ein.

Bald schon tauchte der Raumhafen unter ihnen auf. Der Frachter schwebte mittels Antigrav über einem der Landefelder.

David Brodie, der die ganze Zeit über den Blick nicht von jenem Bildschirm gelassen hatte, auf dem die Geschehnisse auf der Planetenoberfläche zu sehen waren, wirkte nachdenklich.

Nach dem Tod seines Bruders Chris Castro war er schweigsam geworden und in sich gekehrt. Die Gegenwart von Menschen hielt er nur schwer aus. Aber die von K'inga machte ihn auch nicht glücklicher.

---

5) siehe Raumschiff PROMET Classic Bände 9 und 11

Was mag sich auf der anderen Seite dieser Transmitterstraße befinden? fragte er sich.

Der Gedanke, einfach durch dieses Tor zu gehen und vielleicht Hunderte oder Tausende von Lichtjahren entfernt auf einer anderen Welt wieder aufzutauchen, faszinierte ihn.

Alles hinter sich lassen, einfach nur ein paar Schritte durch ein strahlendes Tor gehen … War es nicht das, wovon er insgeheim träumte, wonach er sich sehnte?

In dem, was er als das ihm bekannte Universum zu bezeichnen beliebte, war kein Platz für ihn. Im Reich der K'inga nicht, wo er der missliebige Thronfolger von Ryon Carsifs Gnaden geworden war, der die alles andere als lieblich Kaisertochter Elhoa hätte ehelichen sollen. Und im Bereich der Terraner genauso wenig.

»Ich brauche einen Antigravgürtel«, forderte Borul.

»Unsere Exemplare sind nicht mehr die neuesten Modelle«, sagte Barbie.

»Ich brauche auch ein Gerät«, erklärte Brodie.

Borul sah ihn streng an.

»Sie bleiben hier, Brodie!«

»Keineswegs. Ich könnte diesen Kerl ablenken. Wer weiß, was er noch für technische Teufeleien auf Lager hat. Vielleicht erreichen Sie die PROMET gar nicht! Angenommen, Kondar läßt Shalyn oder Anake einen Betäubungsschuß abfeuern und Sie hängen dann buchstäblich an Ihrem Antigravgürtel in der Luft …«

»Und Sie wollen mir dann helfen?«

Skepsis klang in Boruls Tonfall mit.

»Warum nicht?« konterte Brodie. »Zwei vom Himmel zu holen ist nicht so einfach wie es bei einem der Fall ist!«

»Richtig Sinn ergibt das nicht, Brodie …«

Warum will er mich wirklich begleiten? fragte sich der Moraner.

»Lassen Sie mich mitkommen! Bitte!«

Borul atmete tief durch. Für lange Diskussionen war jetzt ohnehin keine Zeit mehr. »Na gut«, murmelte er schließlich.

Die JOLLY ROGER landete im Schutz eines Gebäudes.

Augenblicke später schwebten Borul und Brodie durch die Außenschleuse.

Die Strahlenquelle war versiegt. Man brauchte also nur noch darauf zu achten, sich warm genug anzuziehen. Einen Druckanzug hätte Borul in dieser Situation als übertrieben angesehen.

Kondar Tenn saß derweil im Beiboot und grübelte darüber nach, was er tun konnte. Der Transmitter war konfiguriert. Die Gefahr, dass ihn erneut ein Stasisfeld festhalten würde, bestand nicht mehr.

Er bemerkte die beiden Gestalten, die mit Hilfe von Antigravaggregaten auf die PROMET zuschwebten, schließlich in den Antigravschacht einschwenkten, der das schwebende Schiff mit dem Boden verband und hinaufglitten. Dann änderte einer der beiden plötzlich seine Richtung und schwebte auf den Transmitter zu.

Kondar handelte schnell.

Mit Hilfe der Impulse des Hypnoaggregates ließ er einen der willenlosen PROMET-Leute den Blaster ziehen. Er suchte sich dafür Anake aus, dieser hatte die günstigste Position.

Anake stand der Schweiß auf der Stirn. Aber dem Willen der fremden Macht, die ihn beherrschte, konnte er sich nicht entziehen. Er zog den Blaster und feuerte. Die Waffe stand glücklicherweise tatsächlich auf Betäubung. David Brodie schwebte bewusstlos mit dem Antigravaggregat zu Boden.

Kondar atmete tief durch.

Es war nicht so leicht, wie gedacht, sich mit der fremden Technik des Beibootes zurechtzufinden. Andererseits besaß er aber einige technische Hilfsmittel in seinem Overall, um dieses Problem in den Griff zu bekommen. Und so bereitete er schließlich den Start vor.

Plötzlich fielen sämtliche Systeme aus …

Die Bildschirme flimmerten nicht einmal mehr.

Der Bordrechner reagierte nicht.

Angeblich befanden sich keine Daten mehr in den Speichern …

Eine Funkbotschaft erreichte das Beiboot.

Kondar Tenn wurde aufgefordert, sich zu ergeben.

Der Moraner überlegte blitzschnell. »Gut«, sagte er schließlich. »Ich sehe ein, dass ich einen Fehler gemacht habe. Ihre Leute entlasse ich aus dem Hypno-Feld, das ich um sie herum erzeugt habe.«

»Tun Sie das«, erwiderte Arn Borul kühl. Er traute Kondar Tenn nicht. Aber er war zufrieden mit der Wirkung des Anticomp.

Sämtliche Daten, die sich auf dem Bordrechner des Beibootes befunden hatten, waren durch die Wirkung des Anticomps auf den Rechner der PROMET transferiert worden. So lange kein Rücktransfer stattfand, war es unmöglich, das Beiboot zu starten.

Augenblicke später meldete sich Shalyn per Funk auf der PROMET. »Alles in Ordnung«, murmelte sie.

»Haben Sie wieder die Kontrolle über Ihren Körper?« fragte Borul.

»Ja.«

Shalyn blickte sich um.

Anake machte einen ziemlich verstörten Eindruck. Der Japaner ging sofort zu dem bewusstlosen Brodie. »Vanessa soll sich mal hier herunterbegeben und ihm etwas verabreichen, das ihn wieder erwachen lässt«, sagte er. »Hat jemand eine Ahnung, was in ihn gefahren ist, als er hier herschwebte?«

Kondar Tenn trat aus dem Beiboot heraus. Er hatte die Hände gehoben.

Shalyns Hand lag an ihrem Blastergriff.

»Lege das Gerät, mit dem du uns gerade angegriffen hast, auf den Boden«, forderte sie.

»Bitte«, sagte er. »Ich habe eine Mission … und vermutlich komme ich um Jahre zu spät. Dennoch dürft ihr mich nicht aufhalten.«

»Du musst uns schon etwas mehr darüber sagen!« forderte Shalyn. »Und keine falsche Bewegung …«

»Ich werde euren Freund wieder aufwecken. Eure Bordärztin kann bleiben, wo sie ist.«

Er ging auf den am Boden liegenden Brodie zu.

Shalyn zog den Blaster, richtete die Waffe auf ihn.

»Wir trauen dir nicht mehr.«

»Das verstehe ich …«

Er berührte mit einer fast beiläufigen Bewegung eine bestimmte Stelle am Ärmel seines Overalls. Stöhnend erwachte Brodie und richtete sich auf.

Was hat er getan? ging es Shalyn durch den Kopf. *Ist dort am Ärmel eine Mini-Apparatur, mit der er einen Impuls aussenden kann, der so etwas bewirkt?*

Shalyn senkte die Waffe.

»Ich habe nur die besten Absichten, glaubt mir«, beteuerte Kondar.

»Um das glauben zu können, müsstest du kooperativer sein.«

»Was wollt ihr wissen?«

»Kannst du uns das Aussehen des Ewigen Tyzar beschreiben?«

»Was würde euch eine solche Schilderung nützen?«

»Sie könnte deine Glaubwürdigkeit erhöhen.«

»Wirklich?«

Ein mattes Lächeln ging über Kondars Gesicht.

»Ich weiß nicht, wie der Ewige aussieht. In meinen Erinnerungen ist er immer wie hinter Milchglas verborgen … ein verschwommener Eindruck …«

»Eine ähnliche Schilderung gab der Siebenbeiner, den wir reanimierten, über seine Entführer ab.«

»Ich kann euch nicht mehr sagen.«

»Und was ist das für eine wichtige Mission, von der du sprachst?«

»Ich erzählte euch von den Individuen, die ich aus dem brennenden Schiff rettete und zur Station auf jener Welt brachte, der ihr den Namen Orange gegeben habt …«

»Ja.«

»Anschließend kam ich hierher. Ich sollte per Transmitter zu einem anderen Planeten gestrahlt werden, um Tyzar zu retten. Der Ewige befand sich in furchtbarer Gefahr … Aber wie gesagt, ich komme wahrscheinlich zu spät.«

»Was ist das für eine Welt?« hakte Shalyn nach.

»Was würde es euch nützen, wenn ich einen Namen sagte? Ihr würdet ihr ohnehin einen anderen geben. Außerdem ist diese Welt unendlich weit entfernt. Weiter, als es eurer Vorstellungskraft entspricht …«.

In diesem Moment schossen grüngelbe Strahlen aus der linken Schulter des Moraners heraus. Sie erfassten Shalyn und Anake, die betäubt zu Boden sanken. Auch Sir Klakkarakk und Cy kamen nicht mehr dazu einzugreifen. Sie bekamen die nächste Strahlendosis mit.

David Brodie hatte sich indessen unbemerkt in die Nähe des Transmitters gestohlen. Er machte den entscheidenden Schritt, befand sich bereits im Einflußbereich des Tores. Flirrende Lichterscheinungen bildeten eine Art Aura um seinen Körper.

Kondar Tenn berührte eine bestimmte Stelle an der Brusttasche seines Overalls. Er aktivierte damit einen um die Transmitteranlage befindlichen Selbstverteidigungsmechanismus.

Kondar hetzte zum Transmitter. Mit wenigen Sätzen war er dort.

»Tu das nicht!« rief er Brodie nach.

»Worauf wartest du?« gab dieser zurück. »In diesem Teil des Universums hält mich nichts mehr. Ich werde mit dir gehen – ans andere Ende der Milchstraße oder sonst wohin!«

»Überlege dir, was du tust!«

»Das weiß ich!«

»Ich bezweifle es!«

»Worauf wartest du, Moraner?«

Kondar blieb nicht viel Zeit zum Überlegen. Er konnte Brodie nicht mehr daran hindern, das zu tun, was er sich in den Kopf gesetzt hatte.

Es gibt Schlimmeres als einen ungebetenen Begleiter, durchfuhr es ihn.

Kondar trat ebenfalls in den Einflussbereich des Transmitters. Sekunden später waren beide entmaterialisiert. Der Transmitter deaktivierte sich daraufhin. Das Leuchten um den Torbogen verschwand. Die beiden Männer waren spurlos von Okyron verschwunden.

Eine Sekunde später trat der Selbstverteidigungsmechanismus in Kraft. Obwohl die Anlage schon viele Jahre nicht mehr benutzt und gewartet wurde, funktionierte sie teilweise noch. Mehrere Laserstrahlen trafen die Hecksektion der PROMET IV und zerstörten das Borul-Triebwerk sowie zwei der sechs DeGorm-Triebwerke.

»Sie antworten, Schiffer«, rief der Funker völlig überrascht, nachdem er auf den Befehl des Schiffers hin das fremde Raumschiff angefunkt hatte.

Miron Trand atmete erleichtert auf, obwohl er wusste, dass damit die Gefahr noch nicht gebannt war. Vielleicht wollten die Tobes nur die Kapitulationsbedingungen aushandeln.

»Bringen Sie sie auf den Schirm!«

Das Bild auf dem großen Hauptmonitor flackerte. Der Ausschnitt von Othans Oberfläche schwand und machte dem Bild eines Menschen Platz.

Miron Trand atmete erleichtert auf, als er feststellte, dass das unbekannte Schiff nicht von Tobes geflogen wurde.

»Ich bin Miron Trand, Schiffer der FORKATT, unterwegs im Auftrag des Kaisers Ryon Carsif.«

Seymour T. stellte sich vor, gab aber bekannt, dass er lediglich der Erste Offizier an Bord der VIANA sei und den Kapitän gerne mit seiner Vorgesetzten verbinden würde. Trand stimmte zu und sah sich nach einem erneuten Flackern des Schirms mit dem Portrait Suzie Quangs konfrontiert.

»Seien Sie gegrüßt, Miron Trand.«

Trand nickte der Frau zu. Zu anderen Zeiten – unter Kaiser Radex' Kommando – wäre er versucht gewesen, das terranische Schiff zu entern, doch Carsif hatte neue Anweisungen erlassen, nach denen Kampfhandlungen jedweder Art nur im äußersten Notfall erlaubt waren. Und die Terraner stellten keine Bedrohung dar, soweit Trand wusste.

Dennoch keimte eine Frage in ihm auf, die er einfach stellen musste, allein schon um seine Neugier zu befriedigen.

»Im Namen Ryon Carsifs grüße ich Sie auch, Kommmandantin Quang. Erlauben Sie mir die Frage nach dem Grund Ihres Aufenthalts in diesem Sektor?«

»Aber natürlich«, antwortete Suzie selbstsicher. Sie hatte sich bereits eine Ausrede zurechtgelegt und hoffte, dass Trand darauf herein fiel. »Sie erinnern sich vielleicht an den Piraten Yax Karran, der eine Handvoll Halb-K'inga, die Nachkommen Kaiser Tarsifs, von der Erde entführt hat und dann auf Othan strandete.«

Miron Trand nickte. Diese Geschichte erzählte man sich mittlerweile überall im Reich der zwölf Monde. Ohne den Absturz der TORRG würde Ryon Carsif jetzt noch in der Versenkung leben und Radex uneingeschränkt weiter regieren.

»Yax Karran hat seinerzeit die Entführten ausgeraubt«, fuhr Suzie mit ihrer Lüge fort. »Wir sind hier, um die Habseligkeiten der Opfer für ihre Eigentümer und Familien sicherzustellen.«

Trand fuhr sich mit einer Hand über das Kinn und dachte nach. »Und haben Sie etwas gefunden?«

Suzie Quang schüttelte den Kopf – eine Geste, die der K'inga nicht verstand, aber trotzdem instinktiv richtig als Misserfolgsmeldung interpretierte – und setzte eine gespielte enttäuschte Miene auf.

»Leider nein, das Wrack der TORRG ist vollkommen ausgebrannt und über mehrere hundert Kilometer auf Othans Oberfläche verstreut worden. Wir werden mit der traurigen Nachricht zurück fliegen müssen, dass all die Erinnerungsstücke und Wertgegenstände für immer verloren sind.«

»Das tut mir Leid«, sagte Trand. »Sie haben meine Anteilnahme. Ich wünsche Ihnen und Ihrer Besatzung einen guten Heimflug.«

»Danke«, entgegnete Suzie und unterbrach die Verbindung.

Trand ordnete an, die FORKATT in einen niedrigeren Orbit einschwenken zu lassen und ein Beiboot mit den beiden Gefangenen auszusetzen. Ein letztes Mal verfolgte er auf den Sichtschirmen, wie der kleinere Raumer mit dem größeren das Dockingmanöver einleitete. Gleichzeitig wurde auch die Kommunikationsboje eingeholt. Dann widmete sich Trand wieder seinen Aufgaben, nicht wissend, dass er einen schweren Fehler begangen hatte.

10.

A Aus dem strahlend blauen Himmel senkte sich majestätisch und langsam ein Raumschiff. Es würde innerhalb des Sperrkreises III landen, dem sogenannten Hochsicherheitstrakt der HTO Corporation.

Es handelte sich um die HTO-C-589, mit der Eric Worner und die Botschafter zur Erde kamen.

In der Zentrale, vom großen Hauptbildschirm aus, hatten die Abgesandten der K'inga den Menschenauflauf beobachtet und die bisherigen Ereignisse verfolgt.

Natürlich waren sie mit der menschlichen Psyche vertraut, immerhin hatten sie rund zwanzig Jahre ihres Lebens auf der Erde verbracht.

Marvin Thorwald und Haydee Gardner fühlten sich hin- und hergerissen zwischen den Menschen und den K'inga, zu denen sie doch gehörten und deren Lebensweise und Kultur sie in den letzten Monaten immer besser kennen gelernt hatten. Es war ihnen ein persönliches Anliegen, zwischen ihren beiden Völkern zu vermitteln.

Thorwald und Gardner waren in einer kaum glaublichen Odyssee von der Erde entführt worden, dann hatten sie die Konfrontation mit ihrer Vergangenheit und der Zugehörigkeit zu einem bis dahin fremden Volk hinnehmen müssen und waren schließlich in die schrecklichen Ereignisse im Reich der zwölf Monde bei dem Umsturz von Kaiser Radex verwickelt worden.

Aber die beiden waren jung und hatten die Ereignisse gut verkraftet. Und sie hatten eine Erkenntnis gewonnen, die schon die früheren Raumfahrer von der Erde erkannt hatten: *Sie waren nicht allein im Universum.* Und nur gemeinsam, in Kooperation mit anderen Völkern, konnte das Überleben gesichert werden.

Leider waren auf der Erde scheinbar noch nicht alle Menschen mit dieser Erkenntnis geschlagen, aber die beiden wollten den Anfang wagen und zwischen den beiden Völkern vermitteln, vor allem auch deswegen, weil ihr Herz und ihr Verstand zu beiden Völkern gehörten.

Das Raumschiff setzte sanft wie eine Feder auf, und die beiden Botschafter, wie auch Eric Worner, stiegen um in einen Gleiter, der sie über die relativ kurze Entfernung vom Landeplatz in Sperrkreis III zur Versammlung in Kreis I bringen sollte.

In der Menschenmenge entstand einige Unruhe, als die drei das Podium bestiegen, auf dem Peet Orell und Junici Borul sie herzlich begrüßten. Wenn es immer noch einige in der Menge gegeben hatten, die die K'inga für furchterregende Monster hielten, so wurden sie jetzt eines Besseren belehrt.

Mit einem verlegenen Lächeln schaute Thorwald in die Runde, Haydee hielt sich etwas im Hintergrund, während Worner sich neben Peet Orell stellte. Er räusperte sich, doch seine Stimme klang fest.

»Mein Name ist Eric Worner. Ich bin Kapitän im Dienste der HTO. Mein Auftrag war es, die Botschafter von Kaiser Ryon Carsif zur Erde zu geleiten. Der Kaiser läßt durch mich und seine Abgesandten eine Entschuldigung für die tragischen Umstände ausrichten, mit denen unsere beiden Völker aufeinander trafen. Doch er hat gleichzeitig die Bitte und die Hoffnung, dass nach all den Schwierigkeiten ein neuer Anfang gemacht werden kann. In meinem Besitz befindet sich ein Datenkristall, den ich von Ebb Karran erhielt, dem Vater des Mannes, der die fatale Situation heraufbeschworen hat. Darauf ist zu sehen, dass der Verantwortliche für den Mord bereits seine gerechte Strafe gefunden hat.«

Eine riesige Holowand tauchte wie aus dem Nichts auf, die HTO hatte im Vorfeld an alles gedacht und alles perfekt organisiert.

Es waren zwei kurze Filme, die in eindringlichen Szenen zunächst die Vernichtung der GAGARIN und dann auch den Tod von Yax Karran zeigten.

»Das beweist gar nichts«, brüllte jemand in der Menge.

Offensichtlich gab es noch immer Unbelehrbare.

Marvin Thorwald trat jetzt vor.

»Viele von Ihnen kennen mich, ich bin Marvin Thorwald«, begann er. »Ich habe den größten Teil meines Lebens auf der Erde verbracht und gearbeitet, aus meiner Phantasie entstanden einige Sensitor-Abenteuer, die Sie mit mir geteilt haben. Ich habe mich hier zuhause gefühlt, *als Mensch.* Und ich musste lernen, dass ich dennoch zu einem anderen Volk gehöre. Aber ich bleibe den Menschen verbunden, denn ich hatte hier meine Heimat. Das ist der Beweis, dass es eine Verbindung zwischen unseren Völkern geben kann. Versuchen Sie, uns nicht als etwas Fremdartiges zu sehen – nur als etwas *anderes*. Und versuchen Sie auch, unsere tiefe Betroffenheit und Bestürzung über den Tod der Menschen zu glauben. Niemand hat das gewollt.«

Peet Orell hatte immer wieder die Übertragungen auf den Bildschirmen verfolgt, und er sah zu seinem Verdruss auch weiterhin Reporter, die sich kaum um die Tatsachen kümmerten, die sich doch hier, direkt vor ihren Augen abspielten.

Eine Idee schoss ihm durch den Kopf. Er winkte zum Pressezentrum hinüber, einige der anwesenden Journalisten bat er dann zu sich. Sie sollten die Halb-K'inga befragen, um so die Informationen direkt an die Menschen zu bringen. Was nützte es schon, wenn die beiden einfach nur redeten? Es war besser, die Journalisten gleich die richtigen Fragen stellen zu lassen. Sie hatten den Kontakt zu den Menschen, sie wussten, was das Volk interessierte.

Und so kamen jetzt in rascher Folge die Fragen, und die beiden jungen Botschafter antworteten ohne zu zögern, offen, ehrlich, spontan und erfreulich knapp.

»Warum glauben Sie, dass Menschen und K'inga zusammen arbeiten sollten?«

»Weil die Gemeinsamkeit beide Völker stärkt.« Marvin Thorwald.

»Glauben Sie, dass sich ein solcher Vorfall wie mit der GAGARIN niemals wiederholen kann?«

»Ich hoffe es sehr. Aber wir sollten lernen, auf beiden Seiten Kompromisse zu schließen und Verständnis zu suchen.« Haydee Gardner.

»Was empfinden Sie jetzt bei Ihrer Rückkehr zur Erde, die nicht mehr Ihr Zuhause ist?«

»Unsicherheit, Trauer mit den hier Betroffenen, Angst, dass wir missverstanden werden. Aber wer sagt, dass die Erde nicht mehr unsere Heimat ist? Sie ist es immer noch!« Noch einmal Haydee.

»Was werden Sie als erstes tun, wenn diese Veranstaltung hier zuende geht?«

»Einen großen Whisky trinken!« Thorwald. Beifälliges Gelächter aus dem Publikum.

»Welche Garantien gibt Kaiser Carsif, dass die K'inga nicht versuchen, die Erde zu überrennen und zu erobern?«

»Die Tatsache, dass unser System selbst noch im Umbruch und Neuaufbau ist. Wir haben wahrhaft andere Probleme als militärische Expansion. Im Gegenteil, wir bitten um die Hilfe der Erde.« Thorwald.

»Was haben die K'inga zu bieten? Was wäre für die Menschen überhaupt interessant?«

»Piratzel-Steak«, witzelte Haydee, wurde gleich darauf aber wieder ernst. »Besuchen Sie das Reich der zwölf Monde, lernen Sie es kennen. Machen Sie neue Erfahrungen. Wir haben eine ausgeprägte Landwirtschaft, die den Menschen geschmackvolle Variationen bieten kann. Wir bauen Rohstoffe ab, wir haben Handels- und auch Vergnügungswelten. Es gibt eine lange interessante Kultur, und es gibt das Volk, das zum großen Teil bereit ist, den Menschen freundlich entgegenzukommen.«

»Das klingt wie aus einem Reisebüro. *Buchen Sie eine Rundreise über die zwölf Monde.* Aber zum Reisen gäbe es für die Terraner nun wirklich näher liegende Welten, die auch weniger gefährlich sind.«

»Doch wer kann auf diesen Planeten schon von sich behaupten, den Versuch zu unternehmen, wahre Freundschaft anzubieten?« Haydee argumentierte diplomatisch und hartnäckig.

»Trotz des schrecklichen Vorfalls, der nun wirklich kein gutes Licht auf Ihr Volk wirft?« kam jetzt die scharfe, fast schon zynische Nachfrage.

»Gerade deswegen«, sagte Thorwald fest. »Wir müssen alle daran arbeiten, dass sich so etwas nicht wiederholt. Geben Sie uns eine Chance. Geben Sie dem Frieden eine Chance.«

»Ich möchte auf Ihre Frage mit einem über 2000 Jahre alten, weisen Spruch aus dem Neuen Testament antworten«, kam ihm Haydee zu Hilfe. »Ein Mann sagte ihn damals, als eine Ehebrecherin gesteinigt werden sollte. Der Spruch lautet: *Wer unter euch ohne Sünde ist, der werfe den ersten Stein auf sie!*«

Haydee machte eine Kunstpause. Sie blickte auf die versammelte Menge, dann sagte sie leise: »Nicht einer von den Menschen damals hat geworfen ...«

Im Grunde war dem nichts weiter hinzuzufügen. Die meisten Menschen hatten mittlerweile begriffen, dass hier die Möglichkeit für einen friedlichen neuen Anfang lag. Mochte diese Trauerfeier, die jetzt endlich beginnen konnte, der Abschluss eines bitteren Kapitels sein. Es würde noch schwierig werden auf beiden Seiten, und eine Menge Fremdartigkeit wie auch Missverständnisse würden ausgeräumt werden müssen. Wichtig aber war der gute Wille, und den konnte man weder den Botschaftern der K'inga noch der Regierungsspitze der Erde absprechen.

Zaghafter Beifall klang auf, verstärkte sich, und auch die Demonstranten verstummten für einen Augenblick.

Die Trauerfeier konnte beginnen.

»Sie ist nicht einmal rot geworden!« rief Caren tenMay aus, als sie Seymour T. in der Kommandozentrale der VIANA in die Arme fiel. »Die Lüge kam ihr glatt über die Lippen.«

»Wir sollten uns nicht zu früh freuen«, gab Suzie zu bedenken. »Noch befinden wir uns in K'inga-Gebiet. Sehen wir zu, dass wir von hier verschwinden.«

Raven Galway war in ihrem Quartier eingesperrt worden. Die übrigen Besatzungsmitglieder, mit Ausnahme von Mr. Townsend, nahmen ihre Plätze in der Zentrale ein. Letzterer verbrachte weitere Zeit in der Krankenstation unter Doktor Berghaus' Aufsicht. Das Gift, das Galway in der Kombüse verteilt hatte, wirkte noch immer in seinem Darm und würde ihn eine weitere unangenehme Woche erleben lassen, die für die übrige Besatzung recht *wohltuend* sein konnte.

Caren beschleunigte die VIANA auf Sprunggeschwindigkeit. Es gab keine Anzeichen von Verfolgern, und auch von dem von Galway angekündigten Schiff der Lunadocks war weit und breit nichts zu sehen.

»Erreichen Sprunggeschwindigkeit in zwanzig Sekunden«, teilte Caren mit.

»Hyperfunkspruch an Terra absetzen. Zweifache Codierung auf HTO-Prioritätsfrequenz. Inhalt: *An Peet Orell. Kunstsammler erfolgreich. Ende.*«

»Transmission ist raus.«

»Dann bring uns nach Hause, Caren.«

Nur wenige Augenblicke darauf tauchte die VIANA am Rande des Schejol-Systems in das Parakon ein. Die Besatzung war zufrieden. Ihr Coup war geglückt.

Die PROMET sackte nach vorne ab. Es vergingen wertvolle Sekunden, bis die Bordgeschützautomatik reagierte. Die Antwort der Blasterkanone, die eigentlich nur zur Zerstörung von Meteoriten auf Kollisionskurs eingebaut war, fiel umso heftiger aus.

Die Geschütze der Transmitteranlage waren schon nach kurzer Zeit zerstört. Der Transmitter hatte ebenfalls einiges abbekommen. Auf den ersten Blick konnten die Leute von der PROMET IV und der JOLLY ROGER erkennen, dass er auf unbekannte Zeit nicht mehr zu benutzen war.

Patrick O'Healy versuchte mittels Gravopulsantrieb, die Lage der PROMET zu stabilisieren. Er steuerte das Raumschiff so, dass es gegen die Transmitteranlage gelehnt ruhte. Der Gravopuls half dabei, ein Wegrollen des Tropfenkörpers zu vermeiden.

»Auch so eine hirnrissige Idee, dass die Landestützen fehlen«, knurrte O'Healy. »Jetzt sehen wir erst, was wir daran haben.«

»Zum Glück ist hier nur Sachschaden entstanden«, versuchte Borul ihn zu trösten.

»Das kann man reparieren. Menschenleben dagegen …«

Shalyn Shan stand unter Schock. Die PROMET war für sie wie ein Geliebter. Sie war *ihr* Raumschiff, *ihr* Kommando. Sie so zu sehen, mit zerstörtem Heckring, war fast zuviel für die Moranerin.

Cyberjohn Five schüttelte den Kopf. Die PROMET war mit Bordmitteln nicht zu reparieren. Dazu mussten sie zumindest einen Reparaturraumer für die Dauer von mehreren Wochen herbestellen.

»Das bringt nichts«, erklärte Cy in seiner emotionslosen Art. Er blickte Barbie Delaney an, die sich, wie alle anderen Besatzungsmitglieder der beiden Raumschiffe, vor der zerstörten PROMET eingefunden hatte.

»Diesen Blick kenne ich«, sagte Barbie. »Du willst doch etwas von mir.«

»Das stimmt«, bekannte Cy. »Ich wollte nur fragen, ob ihr ein paar heimatlose Raumfahrer zur Erde bringen könnt.«

Barbie schüttelte den Kopf. Der Cyborg schien der einzige von ihnen zu sein, dem das Geschehene nichts ausmachte.

Die Strahlen, mit denen der Moraner geschossen hatte, mussten eine Art kurzzeitigen Schock ausgelöst haben. Jedenfalls erholten sich alle – bis auf Sir Klakkarakk – recht schnell davon. Sir Klakkarakk benötigte dafür erst eine Injektion von Vanessa Modesta, die an Bord der PROMET auch einige Medikamente aufbewahrte, die auf den quogorischen Metabolismus abgestimmt waren.

Cy machte sich daran, erneut in das Rechnersystem des Transmitters einzuloggen. Nach dem Beschuß durch die Blasterkanone der PROMET war es unmöglich, die Anlage wieder zu aktivieren.

»Nicht nur ein Energieproblem«, meinte Cy. »Das wird sich aber nicht so schnell beheben lassen …«

Sämtliche weiteren Versuche in dieser Richtung blieben erfolglos. Das System reagierte nicht mehr. Es blieb wie tot.

Schließlich musste auch Arn Borul trotz aller Hartnäckigkeit einsehen, dass es vorerst nicht möglich war, der Spur des sogenannten Wächters weiter zu folgen und das Rätsel zu lösen, das ihn umgab.

Kondar Tenn hatte ihnen vermutlich mehr verschwiegen als offenbart.

Am Morgen des 18. Juli 2108 schließlich brachen sie mit der JOLLY ROGER von Okyron auf, um zur HTO-Werft im solaren Asteroidengürtel zu fliegen. Es lag auf der Hand, dass ihre Suche hier zunächst einmal geendet hatte: Der Antrieb der PROMET IV war zerstört. Der Transmitter war tot. Die Sternenstraße zum anderen Ende der Milchstraße bildete eine Sackgasse. Es hatte keinen Sinn, an diesen Tatsachen einfach vorbeizugehen.

Bildaufzeichnungen der Ereignisse belegten, dass Kondar Tenns Overall offenbar mit hochkomplizierter Technologie vollgestopft war. Aber die Funktionsweise der in dem Anzug verborgenen Module und Strahler war nicht das einzige Geheimnis, dass er mit sich durch den Transmitter genommen hatte.

Und das wenige, das er erzählt hatte, klang noch dazu teilweise recht fragwürdig.

Wahrscheinlich werden wir die Frage nach dem wahren Auftrag dieses Moraners niemals lösen können, dachte Arn Borul, als er am Abend des 19. Juli 2108 an Bord der JOLLY ROGER in den Hafen der HTO-Asteroidenwerft einflog.

»Schätze, hier werden sich unsere Wege wohl trennen«, meinte Barbie Delaney, kurz bevor das Andockmanöver beendet war.

Arn Borul nickte. »Auf Sie wartet ein dicker Auftrag von Peet Orell, der mit Sicherheit sein Wort halten wird.«

»Und auf Sie?« fragte Barbie.

Arn Borul zuckte die Schultern. »Ein paar unruhige Nächte, in denen ich mir Gedanken darüber mache, wer dieser Ewige wohl sein mag …«, murmelte er.

11.

16. *07.2108: Kanada*
HTO-Zentrale

Der Schreibtisch wirkte seltsam leer und aufgeräumt. Nur einige wenige Papiere lagen auf einem sauberen Stapel, auf dem Bildschirm der Tronik war in verblüffender Echtheit ein Bild der Milchstraße zu sehen, sobald jedoch ein Befehl erging, verschwand der traumhafte Anblick, und zum Vorschein kamen wieder nüchterne Fakten und Zahlen.

Doch Peet Orell, der in relativ entspannter Haltung hinter dem Schreibtisch saß, hatte eine Vorliebe für diese Darstellung aus der Galaxis, sie erinnerte ihn daran, wie viel Fremdes und Neues es dort noch zu entdecken gab.

Ohne dass ein Klopfen zu hören gewesen war, öffnete sich die Tür, und ein Mann kam herein. Amos Carter, der Stellvertreter des HTO-Chefs, strahlte Tatkraft und Energie aus. Er lächelte Peet Orell an und reichte ihm die Hand.

Amos war 1, 72 Meter groß, er hatte schwarze Haare, die mittlerweile von grauen Strähnen durchzogen waren. Im Nacken hatte Carter das Haar zu einem Pferdeschwanz zusammengebunden, er mochte es nicht, kurz geschorene Stoppeln am Kopf zu tragen. Obwohl der Stellvertreter von Peet Orell mittlerweile bereits 63 Jahre alt war, machte er auf Anhieb noch immer den Eindruck, tatkräftig und zupackend wie ein Dreißigjähriger zu sein. Dabei arbeitete er schon mehr als drei Jahrzehnte für die HTO und kannte die Firma besser noch als Peet. Als Mitglied der Führungsspitze war er an allen wichtigen Entscheidungen beteiligt, und eigentlich lief im ganzen Konzern nichts, ohne dass er davon wusste, und es gab niemanden, dem Peet mehr vertraute.

»Wie sieht es mit der Promet aus?« wollte Carter wissen.

Orell presste die Lippen zusammen. Die PROMET IV war nicht das erste teilzerstörte Schiff seiner Corporation. Doch bei jedem neuen Fall gab es ihm einen Stich ins Herz. Seine Raumer waren auf seltsame Art seine Kinder.

»Es wird einige Zeit dauern, bis die Triebwerke repariert oder ausgetauscht werden können«, antwortete er. »Ich habe ein Reparaturschiff und ein Wissenschaftlerteam zu diesem Planeten gesandt. Mit zwei Wochen Reparaturdauer müssen wir bestimmt rechnen.«

»Die Crew der PROMET …?«

»Soll den Neubau TITAN übernehmen.«

»Den Diskusraumer?« fragte Carter.

»Den Diskusraumer! Wir schicken die PROMET erst dann wieder auf Reise, wenn alle Systeme stimmen«, bestätigte Orell. »Außerdem hat die Crew noch die nächsten zwei Wochen Urlaub.«

Beide Männer setzten sich in bequeme Kontursessel, von wo sie eine phantastische Aussicht nach draußen hatten. Wortlos goss Peet zwei Gläser Cognac ein und reichte eines davon Amos.

Carter fühlte, dass den jüngeren Mann noch etwas bedrückte, und er ahnte auch, was das war. Doch Orell musste das Thema selbst zur Sprache bringen.

Peet nahm einen kleinen Schluck aus seinem Glas, dann schaute er seinen schon fast väterlichen Freund an.

»Ich habe Ahnungen, Amos. Ahnungen, dass mir nicht mehr allzu viel Zeit bleibt, um hier alles in Ordnung zu bringen«, sagte Orell langsam.

Carter runzelte die Stirn. »Wie soll ich das verstehen, PeetJunge? Du hast doch nicht etwa … …«

»Todesahnungen?« Peet lachte plötzlich auf und schüttelte den Kopf. »Du lieber Himmel, Amos, nein! Ich muss nur immer wieder an *Bankor* denken, und irgendetwas sagt mir, dass sich die Ereignisse schon in naher Zukunft überschlagen werden.«

»Und deshalb willst du dein Haus bestellen, wie man früher sagte?«

Wieder nickte Peet. »Du weißt es ja schon seit Jahren und bist auch einverstanden: Ich will, dass du die Leitung der HTO übernimmst. Allerdings gibt es dazu noch ein paar Dinge, die du bitte nach meinen Wünschen ausführen wirst.«

»Und das wäre? Was immer in meiner Macht steht, will ich tun, das weißt du«, nickte Amos zustimmend.

»Du übernimmst ab sofort in Eigenverantwortung die Führung der Firmengruppe, und ich möchte, dass die HTO sich aus der Weltpolitik etwas zurückzieht.

Wir haben in der Vergangenheit immer wieder Probleme mit der Regierung und der Space-Police gehabt, was mein Vater und ich oft nur unter Schwierigkeiten wieder in Ordnung bringen konnten. Du kennst meine Anweisungen in Bezug auf die Gewinne der Gesellschaft, dazu muss ich nichts sagen. Aber um auch den Begriff der HTO aus den Köpfen der Menschen herauszuholen, möchte ich, dass die Firma auch einen neuen Namen bekommt.«

Erstaunen zeigte sich auf den Zügen des älteren Mannes. »Das ist ein harter Schnitt, findest du nicht?«

Peet lächelte traurig. »Mit deinem Antritt als neuer Chef soll auch ein neues Zeitalter der HTO beginnen. Die Firma wird von nun an Carter Rocket Corporation heißen, CRC.«

»Und – ich meine, den Namen Orell und HTO – dein Vater und du, ihr seid untrennbar ...«

Peet schüttelte den Kopf. »Nein, Amos, nicht untrennbar. Und vielleicht ist es sogar besser so.«

»Und wenn du irgendwann zurück kommst von deiner Reise ins Ungewisse, von der du doch noch gar nicht weißt, ob und wann sie stattfinden wird, willst du dann die Firma wieder anders nennen?«

Peet lachte auf. »Für diesen eher unwahrscheinlichen Fall erwarte ich, dass du mir eine warme Mahlzeit und ein Bett anbietest. Ich werde dann keine Forderungen stellen, dass das zwischen uns klar ist, ja?«

Amos blieb ruhig sitzen und schaute den jüngeren Mann prüfend an. »Du rechnest nicht ernsthaft mit einer Rückkehr?«

»Man kann nie wissen, Amos. Ich bin mir nur verdammt sicher, dass ich nicht mehr viel Zeit habe.« Er trank mit Genuss sein Glas leer, dann streckte er die Hand aus. »Ich begrüße den neuen Chef der CRC und wünsche ihm alles Gute.«

Amos stand auf und schlug ein, es war ein feierlicher Moment für die beiden Männer, und Carter war gerührt, doch er bemühte sich, das nicht zu sehr zu zeigen. Also schlug er Peet kräftig auf die Schulter. »Du musst mir versprechen, gut auf dich aufzupassen, hörst du?«

»An mir soll es bestimmt nicht liegen«, versprach Peet Orell.

Der zweite Planet der Sonne Hades war eine merkwürdige Welt.

Hades selbst war eine noch recht junge, heiße Sonne, die mit unglaublicher Geschwindigkeit im Innern des Sternhaufens der Plejaden rotierte. Diese physikalische Eigenheit hatte es nach sich gezogen, dass der Fixstern an den Polen abgeplattet war, wie übrigens bei vielen der Sonnen hier im Plejaden-Sternhaufen. Doch dieser Planet, den die Menschen vor rund zwölfeinhalb Jahren mangels besseren Wissens *Bankor* genannt hatten, war selbst ungewöhnlich. Durch den Sonnenstaub, der auch Teile der Atmosphäre erfüllte, schimmerte er nicht in einer einheitlichen Farbe, so wie zum Beispiel die Erde. Nein, es war ein verwirrendes Kaleidoskop, das sich dem Betrachter bot; von dunklem Rot über leuchtendes Gold und lichtem Blau bis hin zu einem gläsernen Grün wechselten Farben und schufen einen vielfach gebrochenen Diamanten.

Auf einem sehr hoch gelegenen Felsplateau hatten die Menschen damals die Stadt Rangor entdeckt; sie war Bankor, eine Stadt der Ewigen.

Damals war die PROMET II abgestürzt, und während ihresr Aufenthaltsbenteuer auf Bankor hatte man den Besatzungsmitgliedern, wie auch den Mitgliedern des späteren Suchschiffes MORAN einen Hypnoblock, einen sogenannten *Imprint*, verpasst, der bei der Aktivierung durch einen telepathischen Impuls dafür sorgte, dass alle diese Personen sich stehenden Fußes aufmachen würden, um eine nicht näher definierte Aufgabe für die Agaren und die *Bewahrer des Friedens* zu erfüllen.

Niemand war in der Lage, sich gegen diesen Befehl zu wehren, und ein jeder hatte natürlich davon gewusst. Doch es ist seit Anbeginn der Menschheitsgeschichte eine Eigenart, unangenehme Dinge und Tatsachen zu verdrängen. Es gab auch nur wenige, die weiter darüber nachgedacht hatten, man hoffte, es würde entweder bald oder nie passieren. Alles schien so weit entfernt, und vielleicht würde der *Ruf* niemals kommen.

Aber doch, der *Ruf* kam, unerwartet, überraschend, unüberhörbar.

Und er löste eine Kette von Ereignissen aus, die sich auf das Leben vieler Menschen auswirken sollte.

Natürlich wusste auch Vivien Raid, dass der *Ruf* früher oder später an sie ergehen würde, so wie an die anderen auch. Das hielt sie aber nicht davon ab, das Leben auf der Erde zu genießen, wenn sie schon einmal hier war. Sie hatte vor einiger Zeit einen Mann kennen gelernt, der mehr als nur eine Sünde wert war.

Patrick Hennessy betrieb eine gut gehende Kommunikationsfirma, die er von seinem Vater übernommen und weiter ausgebaut hatte. Irgendwann hatte er in einem Restaurant allein zu Abend gegessen, als Vivien mit einem Glas Tomatensaft regelrecht auf ihn gefallen war. Nach der ersten Überraschung und Entschuldigung hatten sie anschließend einen angeregten Abend miteinander verbracht, und trotz der Tatsache, dass Vivien immer wieder längere Zeit im Weltraum unterwegs war, hatten die beiden den Kontakt nie ganz abbrechen lassen.

Das Paar hatte sich getroffen, um ein verlängertes Wochenende zu verbringen. Patrick besaß im Amazonasgebiet ein Haus, scheinbar mitten in der Wildnis, und doch mit allen erdenklichen Annehmlichkeiten ausgestattet. Vivien fand es faszinierend; draußen vor dem Fenster befand sich praktisch der Regenwald, den sich die Menschheit noch rechtzeitig genug erhalten hatte.

Patrick trat von hinten an Vivien heran und küsste sie sanft auf die Wange. Die Frau drehte sich um und schlang ihre Arme um seinen Hals, so dass er ihren Körper spüren konnte. Doch plötzlich erstarrte Vivien zur Salzsäule. Ihre Augen weiteten sich, und sie ächzte, doch sie brachte kein Wort hervor.

»Vivien? Vivien, was ist mit dir? Stimmt was nicht? Bist du krank? So sag doch was!« Patrick war erschrocken, und er machte sich Sorgen.

Vivien legte die Hände an den Kopf. »Bankor«, murmelte sie leise. »Halte dich bereit!«

»Was sagst du da? Vivien, nun rede doch, was ist mit dir?« Patrick schüttelte sie sanft, nach kurzer Zeit tauchte die Frau wie aus tiefer Versunkenheit auf.

»Bankor«, wiederholte sie.

»Was heißt das?« wollte Patrick wissen.

Vivien kam nun wieder vollends zu sich und schaute den Mann bedauernd an. Ihre Hand glitt sanft über seine Wange und verweilte dann auf dessen Brust, wo sie unter dem halboffenen Hemd aus Seide das starke Herz schlagen spürte.

»Patrick, es tut mir unendlich Leid, mein Lieber, aber … ich muss sofort weg.«

Er blickte sie misstrauisch an. »Hast du vielleicht telepathische Gaben? Hat jemand dir eine Botschaft geschickt? Kannst du vielleicht auch noch Gedanken lesen?«

Sie tippte ihm sachte auf die Stirn. »Es war wirklich eine Botschaft, die mich gerade eben erreichte. Und sie hängt mit einer sehr alten Geschichte zusammen. Ich habe selbst keine solchen Fähigkeiten, nein, Patrick. Aber dies hier ist sehr wichtig. Ich habe mich vor vielen Jahren zu einem Auftrag verpflichtet und kann mich dem *Ruf* nicht entziehen.«

»Also kein Wochenende für uns beide?« fragte er traurig.

Ebenso geknickt schüttelte sie den Kopf.

»Nein, ich muss schnellstens zurück und praktisch mein Leben ordnen«, erklärte sie tapfer.

»Dann wirst du nicht zurückkehren ?«

»Ich weiß es nicht. Lass uns einfach hoffen, Patrick«, sagte sie leise. Spontan griff sie nach seinem Kopf und zog ihn nah an sich heran. Ein letzter Kuss, dann löste sich Vivien energisch von ihm. In kurzer Zeit hatte sie ihre Sachen gepackt und stieg in den Gleiter, der sie in die Zivilisation zurückbringen würde.

Mit einem letzten bedauernden Blick nahm sie Abschied.

Jörn Callaghan erwischte es im Schlaf. Shalyn Shan, seine Frau, hatte in seinen Armen gelegen und schrak auf, als ihr Mann sich mit einem leisen Aufschrei steil aufsetzte.

»Was ist? Hast du schlecht geträumt ?« fragte sie sanft und zog ihn wieder herunter. Doch er wehrte ihre Hand ab und schüttelte den Kopf.

»Nein, das ist es nicht. Der *Ruf* ist an mich ergangen, ich muss weg.«

Augenblicklich war die Moranerin hellwach. Natürlich kannte auch sie die Abenteuer auf Bankor, und Jörn hatte ihr auch berichtet, dass ein posthypnotischer Befehl in ihnen allen verankert worden war, dem sie Folge leisten mussten, sobald das Schlüsselwort an sie erging.[6)]

Doch nicht so plötzlich, so übergangslos!

Shalyn Shan war zutiefst verstört. Hieß das, dass sie und ihr Mann sich auf immer trennen mussten? Sicher, beide waren oft fern voneinander, jeder an einem anderen Brennpunkt der Galaxis. Aber immer war da auch das Hoffen und Wissen, dass ein Wiedersehen bevorstand. Aber Jörns Worte? Das hier hörte sich so endgültig an!

»Nimm mich mit!« forderte sie kühn. »Bitte, Jörn, es kann doch nicht im Sinne dieser Wesen sein, Menschen so auseinander zureißen, die zusammengehören. Ich bin sicher, sie werden Verständnis dafür haben. Ich will dich nicht einfach verlieren.«

Er zog sie in seine Arme und drückte sie fest an sich. »Das geht nicht«, sagte er dann bestimmt. »Es dürfen nur Wesen mit, die damals den Imprint erhalten haben.«

Ihre schockgrünen Augen starrten ihn verzweifelt an, Unglaube spiegelte sich darin und Verständnislosigkeit.

»Glaube mir, dieser *Ruf* ist nicht für dich bestimmt. Ich muss allein gehen, das gilt nur für diejenigen, die damals dabei waren.« Jörn versuchte, in wenigen Worten seiner Frau etwas klar zu machen, was er selbst kaum verstehen konnte.

Shalyn wollte es noch immer nicht glauben, auch nicht, als Jörn in aller Ruhe aufstand, sich anzog und begann, seine normale Ausrüstung für eine Reise an Bord eines Raumschiffes zu packen. Sie war sicher, in dieser Angelegenheit war das letzte Wort noch nicht gesprochen.

---

[6] siehe Raumschiff PROMET Classic Band 13: *»Katastrophe auf Bankor«*

Peet sah seine Vorahnung bestätigt, als auch ihn zeitgleich mit den anderen der *Ruf* der *Bewahrer des Friedens* erreichte. Er hatte allerdings schon alle Dinge geordnet, wie er annahm. Die HTO war in guten Händen und würde auch unter dem neuen Namen CRC den Querköpfen in der terranischen Weltregierung das Leben nicht leichter machen. Obwohl Orell Amos geraten hatte, den Konzern ein wenig aus der Öffentlichkeit zurückzuziehen, hieß das noch lange nicht, dass deswegen die Stimme der Vernunft verstummen sollte.

Seine persönlichen Dinge, es waren wenig genug, hatte Peet ebenfalls geregelt. Und außer einem ungewissen Heimweh, das ihn jetzt schon quälte, hielt ihn hier nicht viel. Das mochte natürlich auch daran liegen, dass die meisten seiner engen Freunde ihn begleiteten. Was brauchte er also mehr?

Peet Orell war jedoch ein kluger und vorausschauender Mann. Er wusste, dass nicht bei allen Betroffenen die Bindungen hier an die Erde so einfach zu lösen sein würden wie bei ihm. Bei Jörn zum Beispiel sah er Schwierigkeiten voraus, denn Shalyn Shan war nicht die Frau, die eine solche Entscheidung einfach hinnahm. Sie würde sicher Probleme machen, auch deswegen, weil sie die Kommandantin der TITAN war. Der ehemalige Chef der HTO konnte sich nicht vorstellen, wie es die ganze Reise über sein würde, wenn Shalyn den Befehl an Bord innehatte und Jörn sich darauf vorbereitete, das Schiff zu verlassen.

Vermutlich war es besser, mit dem 300 Meter langen und 55 Meter durchmessenden Schiff der Ewigen zu fliegen, das ihnen nur für kurze Zeit zur Verfügung stand. Die SUUK II war eines der seltsamen Schiffe, die auf Gedankenimpulse reagierten. Dieses geheimnisvolle spindelförmige Raumschiff, das ihnen von den Agaren zur Verfügung gestellt und nicht auf einen menschlichen Kommandanten angewiesen war, würde ein besseres Transportmittel sein, als die TITAN unter Shalyn Shan.

Peet schaute auf den Kalender. Nach dem Ruf: *»Halte dich bereit!«* war wenig später auch noch eine Datumsangabe gekommen.

Demnach hatten sich die Menschen am zweiten August 2108 auf Bankor einzufinden.

Dieser Planet im Innern des Plejaden-Sternhaufens war in etwa drei Tagen zu erreichen, wenn alles gut ging. Es war also noch genügend Zeit, um sich mit den übrigen Berufenen zu versammeln.

Peet schickte Nachrichten hinaus an alle 37 Personen, die an den damaligen Geschehnissen beteiligt und noch am Leben waren und bot ihnen die Gelegenheit zum Flug auf der SUUK II an. Und es gab niemanden, der ablehnte.

31. JULI 2108

»Nun ist es also soweit.« Amos Carter hielt die Hand von Peet Orell lange in der seinen. Bedauern über diesen Abschied zeigte sich im Gesicht des älteren Mannes, aber auch die feste Entschlossenheit, das Lebenswerk des anderen hier in seinem Sinne fortzuführen. »Meine besten Wünsche begleiten dich. Und pass ja gut auf dich auf.«

»Das Gleiche erwarte ich von dir«, erklärte Peet mit einem traurigen Lächeln. Natürlich war die Stimmung der beiden Männer etwas wehmütig, doch sie waren erfahren genug; beide wussten, dass jeder seinen eigenen Weg gehen musste.

Der Händedruck, den sie tauschten, sagte mehr, als tausend Worte es hätten tun können.

Draußen auf dem Landefeld stand die SUUK II und wartete auf ihre Passagiere. Jörn Callaghan trat jetzt zu Peet.

»Wie geht es Shalyn?« erkundigte sich der bisherige Chef der HTO.

Etwas hilflos hob Jörn die Schultern. »Sie ist todunglücklich und will mich nicht verstehen. Ich – ich habe ihr noch eine Aufzeichnung hinterlassen – sie wollte unbedingt mit. Aber das geht doch nicht.«

»Sie wird darüber hinwegkommen – im Laufe der Zeit«, versuchte Peet zu trösten, wusste aber gleichzeitig, dass das in diesem Augenblick nur leere Worte waren.

Es hatte keinen Zweck, jetzt noch länger hier zu stehen und den Abschied zu verzögern. Ein letztes Mal blickten nicht nur diese beiden Männer auf die Erde – ihre Heimat. Würde es das letzte Mal sein, dass sie den blauen Planeten sahen?

Dann gingen sie mit festen Schritten und hoch erhobenen Köpfen auf das Raumschiff zu, welches sie von der Erde fortbringen würde.

Shalyn Shan erwachte, und sie wusste, dass etwas Schreckliches passiert war. Das Bett an ihrer Seite war leer – Jörn war weg, ohne weiteren Abschied. Sie kämpfte gegen die Tränen, doch das Weinen würde keinen Sinn machen, es brachte ihr den geliebten Mann nicht zurück. Trotzig wischte sie sich über das Gesicht und stand auf. In der Automatik-Küche lag auf dem Tisch ein Päckchen, darin ein Video-Holo und ein kurzer Brief. Nachdem Shalyn den Brief überflogen hatte, brach sie weinend zusammen.

Der Flug mit dem spindelförmigen Raumschiff war für die Passagiere sehr angenehm. Die Einrichtung der Kabinen war nicht üppig, aber durchaus ausreichend, und es gab sogar Aufenthaltsräume, in denen die Menschen die Zeit verbringen konnten, um nicht Langeweile zu leiden. Es war nicht verabredet, doch zu bestimmten Stunden fanden sich hier die meisten ein, hockten an den Tischen beisammen und diskutierten sich die Köpfe heiß.

»Ich habe das Geschäft meines Lebens aufgeben müssen«, grollte ein ehemaliges Besatzungsmitglied der MORAN. »Als der *Ruf* kam, hätte ich gerade die Lizenz für einen ganzen Planetoiden haben können, um ihn auszubeuten. Es fehlten nur noch unsere Unterschriften, und ich hätte den Rest meines Lebens nie wieder arbeiten müssen.« Er starrte versonnen in das Glas vor sich, das eine leicht bläuliche Flüssigkeit enthielt, die ausgesprochen erfrischend schmeckte. »Aber der *Ruf der Ewigen* ist wichtiger«, fuhr er dann bedrückt fort. »Ich weiß nicht, warum das so ist, aber allein bei dem Gedanken an Bankor erfasst mich eine seltsame Vorfreude. Niemand weiß, was auf uns zukommt. Versteht mich nicht falsch, Freunde, ich wehre mich nicht gegen die Berufung, das kann ich gar nicht, aber mein Leben war klar geplant und übersichtlich. Und jetzt ist alles offen, und ich bin etwas unglücklich.«

»Das geht uns allen so«, erwiderte Szer Ekka, der ehemalige Navigator der PROMET I bis III. »Jeder von uns hatte sein Leben und musste jetzt alles aufgeben. Aber wir wussten immer, was auf uns zukommen würde, auch wenn keiner wirklich daran geglaubt hat.«

»Sicher, niemand hat das wirklich ernst genommen. Wir haben die Gedanken daran immer wieder weit von uns geschoben.«

»Ist ja auch egal. Wir sind jetzt jedenfalls hier, auf dem Weg nach Bankor. Und wir werden sehen, wie es weitergeht.«

Viele Gespräche verliefen so oder ähnlich. Doch wer genau hinhörte, konnte feststellen, dass bei fast allen neben dem Unmut auch eine gewisse Vorfreude herrschte.

Aber im Augenblick war noch die Trauer, das Bedauern, im Vordergrund, was sich bestimmt bald ändern würde. Zwar hatten sie sich vor Jahren freiwillig für dieses Unternehmen gemeldet. Aber nach der langen Zeitspanne, die inzwischen vergangen war, hatte keiner von ihnen mehr mit dem *Ruf* gerechnet. Allen war jedoch gemein, dass sie einen hypnotischen Befehl erhalten hatten, dessen Ausführung niemand mehr verweigern konnte, egal, ob er dafür die Familie oder gute Geschäfte und ein bequemes Leben zurücklassen musste. Die Bewahrer des Friedens, die zu den Ewigen gehörten, hatten vor zwölfeinhalb Jahren dafür gesorgt, dass den Menschen und Moranern keine andere Wahl bleiben würde. Jeder hatte davon gewusst, und jeder für sich hatte es auf seine ganz eigene Art verdrängt – oder sogar ganz vergessen. Sie waren nun in die Realität zurückgeholt worden, und resigniert hatten sie sich damit abgefunden.

Peet und seine Freunde nahmen nur selten Teil an diesen Diskussionen. Jörn Callaghan, Peet Orell, Vivien Raid und die anderen, wie auch die Moraner Arn Borul und seine Frau Junici trafen sich statt dessen in der Zentrale oder im Observatorium. Doch auch bei ihnen verliefen die Gespräche nicht unbedingt anders. Besonders Jörn wirkte trübsinnig, er dachte ständig an Shalyn Shan, und auch die Versuche der anderen, ihn aufzumuntern, prallten meist von ihm ab.

Trotzdem gab es niemandem an Bord des Schiffes, der nicht auch eine Erregung verspürte, wenn er an die vor ihm liegenden Aufgaben dachte, von denen noch niemand wusste, wie sie aussehen würden.

Sechsunddreißig Menschen und zwei Moraner befanden sich auf einem Flug in eine ungewisse Zukunft, nicht ganz freiwillig, dennoch nicht unwillig. Was ihnen die Zukunft bringen würde wollten sie mit der üblichen Tatkraft, einer guten Portion Neugier und viel Energie angehen – was auch immer passieren mochte.

Der Planet kam schnell näher, wie man aus dem Observatorium gut beobachten konnte. Zuerst war er nur ein winziger Punkt im Sternhaufen da draußen gewesen, dann wuchs er beständig, bis er die ganze Sichtfläche ausfüllte, wurde rasch größer, so dass schließlich mit bloßem Auge Einzelheiten erkennbar wurden.

Vivien stand vor dem beeindruckenden Bild, das sich ihr bot. Jörn befand sich an ihrer Seite, und beide wurden plötzlich von einer unglaublichen Erregung erfasst.

»Schau, da ist unser Ziel!« flüsterte die Frau ergriffen. »Was wird uns dort erwarten?«

»Das Neue«, gab er leise zurück. »Ich wünschte wirklich, Shalyn wäre hier bei mir.«

Vivien legte ihm mitfühlend eine Hand auf die Schulter. Die beiden waren vor langer Zeit ein Paar gewesen, und die Erinnerung daran war nichts, was sie unglücklich machte, ganz im Gegenteil. Und so konnten sie noch immer gegenseitig ihre Gefühle erfassen. »Sei nicht so traurig«, bat die Frau tröstend. »Ich bin sicher, dass wir zurückkommen werden und du deine Frau wieder in die Arme schließen kannst. Überleg doch mal, bei jeder Reise, die du oder auch Shalyn in den Weltraum unternommen habt, wusstet ihr nie, ob ihr heil und lebend wieder zurückkehrt. Warum sollte es jetzt anders sein? Du musst nur fest daran glauben.«

Er grinste sie plötzlich an, holte dann seine Pfeife aus der Tasche und stopfte sie in aller Ruhe. »Es ist immer wieder erstaunlich, wie gut du doch Worte finden kannst, die einen aus dem Tief herauszuholen vermögen. Danke, Vivien.«

»Ach, nicht dafür«, meinte sie wegwerfend. »Damit habe ich mich doch nur selbst getröstet.«

Die beiden schaute sich an und begannen wie auf ein unhörbares Kommando zu lachen. Sie würden aus dieser Situation eben das Beste machen müssen.

»Kann ich mich an eurer Freude beteiligen, oder ist das nur für Clubmitglieder?« fragte in diesem Augenblick Peet Orell vom Eingang her.

»Wir haben nur gerade festgestellt, dass es uns nicht hilft, wenn wir Trübsal blasen«, meinte Vivien fröhlich. »Schau dir nur mal den Planeten an, sieht er nicht phantastisch aus?«

Aus dem Weltraum wirkte Bankor wie ein unberührt strahlendes Juwel. Mittlerweile schälten sich immer mehr Einzelheiten heraus, und die drei Menschen bemerkten, das die SUUK II auf die Hochebene zuhielt. Diese erstreckte sich weit auf einem Gebirge, und sie bot ein fast völlig ebenes Gelände.

Vivien und Peet bewunderten noch die Landschaft, als Jörn den Arm ausstreckte und aufgeregt auf ein künstliches Gebilde deutete.

»Seht doch!«

Jetzt entdeckten die Menschen eine Scheibe, die eindeutig künstlichen Ursprungs war. Sie mochte einen Durchmesser von rund zweihundertfünfzig Metern haben, war etwa achtzehn bis zwanzig Meter dick und schwebte reglos über der Hochebene.

Auf diesem Plateau hatte man damals, vor zwölfeinhalb Jahren, die Stadt Rangor entdeckt. Und hierher kehrten sie nun zurück, der Kreis schloss sich.

Doch die Stadt, wie die Moraner und die Menschen sie damals gekannt hatten, existierte nicht mehr. Stattdessen befanden sich auf der schwebenden Scheibe eine Reihe von Gebäuden – und ein pyramidenförmiger Transmitter.

»Das ist unser Ziel!« stellte Peet Orell mit absoluter Sicherheit fest. Die anderen nickten zustimmend, es war einleuchtend, und dann war da noch ihre innere Stimme, die ihnen sagte, dass es so und nicht anders sein musste.

Die SUUK II senkte sich zu Boden – nicht auf dem Plateau, das schien aus einem nicht bekannten Grund verboten. Sie mussten also noch einmal, wie früher, den beschwerlichen Weg hinauf auf sich nehmen. Aber seltsamerweise schreckte niemand vor den Strapazen zurück. Praktisch alle waren jetzt von einer Erregung und Vorfreude erfasst, die sich nur darauf zurückführen ließ, das sie sich nun endlich damit abgefunden hatten, das es kein Zurück mehr gab.

Erschöpft, müde und erleichtert standen achtunddreißig Personen endlich auf dem Plateau. Von der Scheibe, die darüber schwebte, spannte sich urplötzlich ein leuchtendes Band hinunter – eine eindeutige Aufforderung. Doch niemand war zu sehen; abgesehen von dem leuchtenden Band, das wie eine Straße wirkte, schien alles verlassen.

Vivien, die mit ihrem Temperament und ihrer Unternehmungslust schon oft für Schwierigkeiten gesorgt hatte, stand jetzt ein wenig zögernd am Beginn dieser seltsamen Straße. Blau leuchtend, durchscheinend und doch irgendwie stofflich war sie. Im Umgang mit den Ewigen und den Agaren hatten sie schon häufig Überraschungen erlebt, und nicht alle waren angenehm gewesen. Peet aber erwartete jetzt keine Unannehmlichkeiten oder Probleme. Entschlossen setzte er einen Fuß auf das Band – und wurde im nächsten Moment regelrecht hochgehoben, schwebte einen halben Meter über der Straße und wurde dann rasch nach oben getragen. Wehmütig schaute er zurück; bevor er das Schiff verlassen hatte, war ein letzter Gedankenimpuls von ihm an die SUUK II ergangen. Und jetzt sah er, wie das Schiff sich majestätisch vom Boden erhob, für einen Moment reglos in der Luft verharrte, und dann mit einem Ruck Geschwindigkeit aufnahm, in die Atmosphäre hinausflog und schließlich verschwand.

In Peets Kopf überschlugen sich die Gedanken. Wie ein wirres Kaleidoskop drehten sich Bilder aus seiner Vergangenheit in seinem Kopf. Seine Kindheit auf der Erde; Harold Titus Orell, sein Vater;

der erste Raumflug; er und Jörn verschollen auf dem Mars; die Feier zur ›*Großen Lizenz*‹; das Zusammentreffen mit Arn Borul; die Rettung der Moraner; so viele Erlebnisse in Zeit und Raum mit den PROMET-Schiffen – und jetzt stand er hier am Scheideweg.

Würde er jemals die Erde wiedersehen? Sehnsucht erfasste ihn, für einen winzigen Augenblick hatte er den total verrückten Wunsch, wieder hinunterlaufen zu können, dem abfliegenden Raumschiff zu winken, bis es umkehrte, ihn wieder aufnahm und nach Hause brachte. Der Moment ging vorüber, und um seine Lippen spielte ein trauriges Lächeln, dann blickte er entschlossen nach vorn. Dort war der Transmitter, eine Konstruktion, wie die Menschen sie schon kannten.

Er lockte plötzlich, und die Personen beschleunigten unwillkürlich ihre Schritte. Es war der Befehl höherer Mächte — die wohl kein Mensch so recht verstehen konnte — der dazu führte, dass das Versetzungsfeld sie alle verschlucken würde; damit sie im Ungewissen verschwanden. Vielleicht auf Nimmerwiedersehen? Auf jeden Fall war es eine Reise ins Unbekannte.

Es hatte auch keinen Sinn mehr, noch länger zu zögern. Die Agaren oder die Ewigen der Sieben Sonnen würden wissen, wie es weitergehen sollte.

Mit festen Schritten ging Peet Orell den anderen voran, und schließlich standen alle 38 im Transportfeld. Als ob das Gerät genau wüsste, dass jetzt alle versammelt waren, baute sich das Versetzungsfeld auf. Es gab einen brennenden Blitz, das Bewusstsein von Menschen und Moranern schwand.

Auf dem kleinen roten Planeten der gelben Sonne gab es nichts besonderes. Das Leben ging seinen täglichen Gang, und die Katras, die hier vorherrschende Rasse, lebte in den Tag hinein, wie schon seit unendlichen Zeiten. Es handelte sich dabei um Wesen, welche ein Mensch von der Erde als Reptilien bezeichnet hätte, und doch wäre dieser Begriff den ungewöhnlichen Lebewesen nicht gerecht geworden. Im Laufe der Evolution hatte dieses friedliebende Volk nicht nur die perfekte Art der Kommunikation in Form telepathischer

Gedankenübertragung gefunden, sondern auch ein ganz besonderes Verhältnis zu ihrem Planeten, ja, sogar zum gesamten System der gelben Sonne entwickelt. Jeder Katra war von klein auf in der Lage, die Energieströme der Sonne und die der Bahnen zwischen den Planeten zu spüren, ja, regelrecht auf den Energielinien zu reisen. Auf diese Weise konnten die Wesen geistig den Weltraum erforschen, ohne auch nur einmal ihren Planeten zu verlassen. Die Katras spürten jedoch auch jede Unregelmäßigkeit, die sich im Gefüge der Galaxis ergab. Als solche Unregelmäßigkeit empfanden sie auch den Transport per Transmitter bei anderen Völkern,. Sie hätten diese Störungen gern abgestellt, obwohl sie das überhaupt nichts anging, aber sie wollten nicht entdeckt werden. So lebten sie weiter und beobachteten andere Lebewesen unbemerkt, und niemand in der Milchstraße wusste überhaupt, dass es sie gab.

An diesem besonderen Tag hoben sie alle – es waren nur rund dreihunderttausend ihrer Art; um den Planeten nicht zu belasten, verzichteten sie auf eine Ausdehnung ihres Volkes – gleichzeitig die Köpfe. Etwas ging vor zwischen den Planeten. Die Ströme, die Energien waren überlastet, kollabierten regelrecht, und dieses Unheil, das im Innern des Plejaden-Haufens seinen Anfang nahm, den die Katras natürlich ganz anders nannten, breitete sich mit Überlichtgeschwindigkeit aus. Entsetzen erfasste die Wesen, die es niemals für nötig gehalten hatten, eine eigene Technik oder gar die Raumfahrt zu erfinden. Jetzt waren sie hier gefangen auf ihrem Planeten, ohne die Möglichkeit zur Flucht. In dieser Situation taten sie das Einzige, was ihnen übrig blieb. Sie versammelten sich auf einem einzigen großen Platz, drängten sich eng aneinander und vereinigten sich alle zu einem Gedankenblock. So versuchten sie, die Katastrophe von sich abzuwenden. Doch schon rasch wurde ihnen klar, dass ihre Kräfte dazu nicht ausreichten; ihre gesammelte Energie vermochte das Unheil, das gerade durch die Galaxis raste, nicht aufzuhalten. So unternahmen sie einen letzten wagemutigen Versuch. Der Gedankenblock verdichtete sich, wurde zu einer kompakten Einheit und löste sich aus den dreihunderttausend Körpern.

Eine geistige Entität wurde erschaffen, aus den Gedankenimpulsen vieler Einzelwesen und purer Verzweiflung. Ein geistiges Überwesen formte sich, ausgestattet mit allen Fähigkeiten, im Weltraum ohne Körper zu überleben, aber auch, um irgendwann im ferner Zukunft erneut einem Planeten zu finden und sich dort neu anzusiedeln. Und wer weiß, unter Umständen entwickelte Katras, wie sich das Wesen jetzt nannte, sogar die Fähigkeit, aus dem Nichts zwischen den Welten neue feste Materie zu erschaffen und sich so selbst eine Welt nach Maß zu erbauen.

Jetzt aber *›sah‹* das Geistwesen die Welle der Vernichtung, die auch ihre kleine gelbe Sonne erfasste, zum Kollabieren zwang und schließlich in unwahrscheinlich kurzer Zeit in eine Todesbringerin für ihre Planeten verwandelte. Die vier Planeten ihres Systems wurden aufgesogen, und die wild rotierende Akkretionsscheibe, die ohne Gnade jede Materie und Energie an sich zog, konnte selbst Katras gefährlich werden. Mit einem einzigen Gedankenimpuls entfernte sich das Überwesen, auf der Suche nach einer neuen Heimat, und um später vielleicht nach dem Verursacher dieser kosmischen Katastrophe zu suchen.

Jankas flog seine Maschine mit traumhafter Sicherheit. Er war der Pilot mit den bisher meisten Abschüssen in diesem Krieg. Und es störte ihn wenig, dass die Priester auf seinem Heimatplaneten seit Jahr und Tag predigten, es würde sich ein großes Unglück ereignen, weil hier Grook gegen Grook kämpfte. Dummerweise waren beide Seiten felsenfest davon überzeugt, im Recht zu sein; die Grook auf dem Heimatplaneten Granohr wie auch die Grook auf dem Kolonialplaneten Eridor.

Die Auswanderer hatten sich vom Mutterplaneten lossagen wollen; das hatte zur Folge gehabt, dass eine einträgliche Quelle für Rohstoffe aller Art versiegt war. Eine Katastrophe, denn Granohr war praktisch ausgebeutet. Also war der Regierung, die aus hochrangigen Offizieren bestand, nichts anderes übrig geblieben, als einen Krieg zu beginnen, um die Kolonie unter ihrer Macht zu behalten; diesen Krieg, der nun schon mehr als fünfzehn Jahre dauerte, und in dessen Verlauf keine der beiden Seiten nennenswerte Vorteile verbuchen konnte. Viele Tote hatte es schon gegeben, und der Blutzoll würde noch höher werden, denn keine der beiden Seiten war bereit nachzugeben, da mochten die Priester noch so viele Worte machen. Man nahm sie einfach nicht mehr ernst, denn bisher war nichts von all den schrecklichen Dingen passiert, die sie vorhergesagt hatten. Bis auf wenige, meistens sehr dumme Leute, wie Jankas fand, nahm niemand die Priester für voll, auch er nicht. Er glaubte eher an die Macht seiner Waffen und sein eigenes Können.

Jankas betätigte einige Tasten, und es war schon erstaunlich, mit welcher Behändigkeit dieses Wesen, das einem großen grauen Teddybär glich, sich bewegte. Sein Kampfjet, der in der Lage war, die Entfernung zwischen den beiden benachbarten Planeten hin und zurück im Laufe weniger Tage zu überbrücken, schoss wie ein spitzer Pfeil in die Atmosphäre von Eridor hinein.

Der Pilot orientierte sich kurz über sein Radar und nahm dann Kurs auf den großen Kontinent. Dort befanden sich die Werften, in denen die Kolonisten aus den so dringend auf Granohr benötigten Rohstoffen eigene Raumgleiter bauten, mit denen sie den Mutterplaneten angriffen. Hier wollte Jankas sie treffen, nicht zum ersten, und auch nicht zum letzten Mal. Er machte sich keine Gedanken darüber, dass es sich hier doch um Wesen seiner Art handelte; die Kolonisten waren seine Feinde, weil die Regierung das so beschlossen hatte.

Auf dem Radarschirm vor Jankas tauchten die Anlagen auf. Vermutlich wäre es besser gewesen, sie unterirdisch anzulegen, doch der Planet trug an dieser Stelle nur eine dünne Schicht aus Humus, darunter befanden sich hartnäckige Felsformationen.

Mit einem letzten Blick überprüfte Jankas, ob seine tödliche Fracht, zielgenau ausgerichtete Raketen, auch bereit war. Auf einen simplen Knopfdruck hin klinkten sich die verheerenden Geschosse aus und nahmen unbeirrbar Kurs auf die eingepeilten Ziele. Jankas warf noch einen uninteressierten Blick auf das Inferno, das er angerichtet hatte. Dunkle Rauchpilze wölbten sich in den Himmel, zeugten von Tod, Verderben und Vernichtung.

Jankas war zufrieden, sein Abschusskonto hatte sich damit weiter erhöht. Im nächsten Augenblick aber schrillte eine Alarmsirene in der Kanzel seines Jets auf: Er wurde verfolgt! Die Kolonisten hatten ihn entdeckt und machten Jagd auf ihn.

Der interstellare Kampfjet besaß nur unzureichende Bewaffnung für den Nahkampf, es war also ratsam für den Piloten, die Flucht zu ergreifen, denn gegen die drei Gegner, die sich auf seinem Schirm abzeichneten, hatte er keine Chance. Jankas schlug Haken, um seine Verfolger zu verwirren, ging in den Sturzflug und simulierte sogar seinerseits einen Angriff. Und er schaffte es, obwohl das feindliche Feuer bedrohlich nah über ihn hinwegfuhr. Schließlich gelang es ihm, die Atmosphäre des Planeten wieder zu verlassen; im Weltraum war seine Maschine den anderen eindeutig überlegen. Mit einem schadenfrohen Ausdruck im Gesicht beschleunigte Jankas seine Maschine und ließ seine Verfolger endgültig hinter sich. Er richtete den Kurs auf seinen Heimatplaneten.

Da das Volk der Grook die Technik des überlichtschnellen Fluges nicht beherrschte, dauerte die Heimreise einige Tage. Er hatte Zeit, sich zu erholen.

Jankas mochte noch eine Tagesreise von daheim weg sein, als sich auf den Anzeigen seiner Instrumente ein wirres Durcheinander abzeichnete. Der Grook glaubte zunächst, sich geirrt zu haben, dann vermutete er einen Fehler in den Instrumenten, schließlich aber bekam er Kontakt mit seiner Station auf Granohr, wo man ihm aufgeregt und entsetzt mitteilte, dass die angezeigten Werte auch hier keinen rechten Sinn ergaben. Es sah so aus, als würden in der gesamten Galaxis zahllose Sonnen explodieren. Weltraumbeben erschütterten das Raum-Zeit-Gefüge.

Jankas hielt das für übertrieben, doch die Stoßfront der Vernichtung nahm keine Rücksicht auf seinen Unglauben. Er konnte schließlich ablesen, dass sich die Welle mit rasender Überlicht-Geschwindigkeit fortsetzte. Noch konnte er es nicht mit bloßen Augen sehen, doch er bemerkte auf den Instrumenten, dass das benachbarte Sonnensystem unterging. Ungläubig starrte er in den Weltraum hinaus, was natürlich nicht viel nützte. Doch erst jetzt machte sich in seinem Kopf der Gedanke breit, dass es nicht lange dauern würde, bis die Stoßfront auch seine Heimat erreicht haben würde. Fieberhaft versuchte Jankas seinen Jet weiter zu beschleunigen, um das System zu verlassen. Es war natürlich nur eine Illusion zu glauben, dass ihm das gelingen könnte. In seinem Blickfeld war der Planet der Kolonisten, und Jankas wischte sich ungläubig über die großen runden Augen, weil er nicht wahrhaben wollte, was sich dort gerade abzeichnete.

Mit einer lautlosen Explosion platzte der Planet auseinander, dehnte sich aus und verstreute dabei seine Trümmer im All. Und kurze Zeit später verging auch Granohr auf ebenso gespenstische Weise.

Jankas spürte nicht, dass er wie ein Verrückter schrie. Das letzte, was er noch bewusst sah, war die enorme Ausdehnung seiner Sonne. Das ganze System kollabierte, wie schon viele andere vorher, die Stoßfront, die scheinbar ihren Anfang im Plejaden-Haufen genommen hatte und Richtung Zentrum der Milchstrasse ging, breitete sich weiter aus und riss unzählige Wesen mit in die Vernichtung.

Und doch waren längst nicht alle Systeme der Milchstraße davon betroffen.

Amos Carter kehrte nach dem Start der SUUK II in das Büro von Peet zurück. *Nein, das ist ab sofort mein Büro,* verbesserte er sich selbst in Gedanken. Noch war es ungewohnt für ihn, dass er jetzt der Herr über dieses gigantische Wirtschaftsimperium sein sollte.

Er hatte zwar jahrelang als zweiter Mann im Staate gedient, aber dass die Last nun alleine auf seinen Schultern lag — daran musste er sich erst gewöhnen. Er war fest entschlossen, die CRC in Orells Sinn weiterzuführen. Und das hieß auch, dass weiter Forschung betrieben wurde, besonders mit Hilfe der übrigen Moraner, aber auch den Kontakt zu anderen Welten musste man halten und weiter ausbauen.

Er setzte sich hinter den großen Schreibtisch und berührte die blanke Platte mit der Hand. Hier war jetzt sein Platz, und er war stolz darauf, dass Peet ihn für würdig befunden hatte, diese Stellung auszufüllen. Er würde sein Bestes tun. Und um damit anzufangen, sollte er am besten seine Wehmut ablegen. Es gab viel zu tun, er hatte keine Zeit für Trauer.

Entschlossen aktivierte Amos den *Phonsens-Sektor* des Interkom mit einem Zuruf und berief eine Versammlung der Führungsspitze ein. Carter wollte allen bekannt machen, wie er sich die Fortführung des Unternehmens vorstellte.

Riddle war quasi der Horchposten der Erde. Die Crew der PROMET I hatte Anfang Februar 2090 auf diesem Planeten die Hinterlassenschaft des Volkes der Andorer vorgefunden, die es der HTO ermöglichte, einen Vorposten, genannt BASIS II, aufzubauen. Das war die Station, die den Weltraum überwachte, mittlerweile gemeinsam mit der Space-Police, die sich in gewissem Rahmen endlich mit der HTO, jetzt CRC, arrangiert hatte und zusammenarbeitete.

Die wichtigen Ortungsgeräte waren rund um die Uhr doppelt besetzt. Zwar erwartete niemand zur Zeit einen Angriff oder ungewöhnliche Vorfälle, doch niemand war bereit, ein Risiko einzugehen. Die Menschheit war einfach noch nicht stark genug auf der galaktischen Bühne, die sicherlich noch viele Überraschungen für die junge, aufstrebende Raummacht bereit halten mochte. Und so konnte und durfte sich niemand in Sicherheit wiegen, eine ständige Beobachtung war einfach ein Muss.

Gregor Romanowski und Mark Walters saßen an den Instrumenten, und es war eine langweilige Schicht, welche die beiden Männer im Beobachtungsraum von BASIS II absaßen. Immer wieder ruhte ihr Blick auf den Anzeigen, während sie nebenbei ein paar Runden Tic-Tac-Toe spielten.

Es war Nacht nach der eingeteilten Erd-Standard-Zeit, und nur wenige Menschen waren wach in der Station. Von irgendwoher erklang leise Musik, und ab und zu piepste eines der Geräte. Das und die Stimmen der beiden Männer waren die einzigen Geräusche, die zu hören waren. Es war eine schier tödliche Langeweile, die sich ausgebreitet hatte, nichts, aber auch gar nichts geschah. Und natürlich wirkte diese Langeweile einschläfernd und schuf eine Routine, in der sich unter Umständen kleine Fehler zu großen Katastrophen auswachsen konnten.

»Ich brauche einen Kaffee«, murmelte Gregor und stand auf, nachdem er zum vierten Mal hintereinander gegen seinen Kollegen gewonnen hatte.

»Wenn du dieses Gebräu meinst, was als braune Brühe aus dem Automaten kommt, dann bring mir bitte einen mit«, sagte Mark etwas ironisch.

Dabei war diese Kritik leicht übertrieben, denn der Kaffee war durchaus nicht schlecht. Aber auch das gehörte irgendwie zur Routine, über die Verpflegung und speziell über den Kaffee zu lästern. Mark warf einen uninteressierten Blick auf die Anzeigen der Instrumente, während Gregor die wenigen Schritte bis zum Automaten ging, um zwei Kaffee zu holen.

Walters saß plötzlich wie erstarrt, seine Augen weiteten sich ungläubig, doch dann kam Leben in den Mann. Vorbei war es mit der Langeweile und auch mit der Routine. Jetzt griff der Drill, dem die Männer immer wieder unterworfen waren. Der Arm von Walters schnellte vor, die Hand klatschte zielsicher auf den roten Alarmknopf, und gleich darauf schrillte durch jeden Raum der Station unüberhörbar der Alarm. Gregor ließ vor Schreck und Überraschung die beiden Becher fallen, das heiße Gebräu spritzte hoch und verbrühte ihm die Haut. Er fluchte laut, doch das hinderte ihn nicht daran, sich mit unglaublich raschen Bewegungen zu seinem Platz zu bewegen und mit einem Blick die geänderte Sachlage zu erfassen.

Die Instrumente spielten verrückt! Eine andere Erklärung konnte es dafür einfach nicht geben, denn die Werte, die angezeigt wurden, konnten einfach nicht stimmen.

Romanowski und Walters nahmen einige Schaltungen vor, doch die Werte veränderten sich nicht. Das Raum-Zeit-Gefüge der Galaxis war erschüttert. Eine Stoßfront von unglaublicher Energie raste durch die Milchstraße. Und bei den Ausmaßen mussten sich Katastrophen abspielen, von deren Verheerung sich kein Mensch eine rechte Vorstellung machen konnte. Sonnen mussten kollabieren und ganze Systeme mit sich ins Verderben reißen.

Von der Erde kam ein Funkspruch. Es war Amos Carter höchstpersönlich.

»Was ist passiert?« erkundigte er sich.

Romanowski erstattete mit bleichem Gesicht und noch völlig verstört Bericht.

»Von wo kommt diese Stoßfront?« kam die nächste Frage.

»Ich – das ist noch nicht genau feststellbar, Sir«, sagte der Mann leise.

»Sie werden aber doch den ungefähren Bereich einigermaßen eingrenzen können?« Carters Stimme klang etwas ungeduldig, was in Anbetracht der angespannten Lage nur zu verständlich war. Und er hatte eine schreckliche Vorahnung, die sich nur zu rasch bewahrheitete.

Romanowski bekam plötzlich einen trockenen Mund. »Ja, Sir«, erwiderte er rau. »Der Ausgang scheint, mit aller Vorsicht, im Bereich der Plejaden zu liegen.«

Carter wurde leichenblass, beherrschte sich aber. »Danke. Sobald Sie mehr wissen, informieren Sie mich bitte unverzüglich.«

Romanowski nickte stumm. Natürlich wussten die Wachen in BASIS II, dass die SUUK II nach Bankor geflogen war. Was hieß das jetzt? Hätte die Mannschaft um Peet Orell ein Ereignis ausgelöst, was letztendlich diese Stoßfront verursacht hatte? Oder hatten die Bewahrer des Friedens die Menschen getäuscht, was aber eher unwahrscheinlich klang? Oder – und das war vielleicht die schlimmste aller Möglichkeiten – hatte es ein schreckliches Unglück gegeben beim Anflug auf Bankor? Schließlich war schon einmal ein Raumschiff dabei zu Bruch gegangen.

Amos Carter und auch allen anderen blieb im Grunde nichts weiter als die Spekulation. Eine schreckliche Vorstellung, und eine furchtbare Ungewissheit. Trotzdem konnte er nichts weiter tun als warten, bis sich etwas Neues ergab. Er hoffte, dass diese Stoßfront nicht annähernd soviel Unheil anrichtete, wie es auf den ersten Blick schien. Doch die Meldungen, die laufend hereinkamen, ließen das Schlimmste ahnen.

Die Galaxis würde nie wieder so sein, wie sie einmal gewesen war. Zwar würde es noch viele Jahre dauern, bevor sich die Veränderung in den Sternbildern auch dem bloßen Auge auf der Erde zeigte, denn das Licht brauchte seine Zeit. Doch jedes Raumschiff, das nach dieser Katastrophe wieder in dem Weltraum flog, würde sich völlig neu orientieren müssen. Flüchtig dachte Amos daran, eine Expedition zur Rettung auszusenden, verwarf diesen Gedanken aber gleich. Kein Schiff würde durch diese Weltraumbeben hindurch fliegen können, ohne selbst darin unterzugehen. Auch wenn es schwer fiel, er musste zusehen. Dabei konnte er sich lebhaft vorstellen, welche Szenen sich auf anderen Planeten abspielen mussten.

Carter verdrängte diese Gedanken wie auch die Sorgen um Peet und seine Gefährten; auch ihnen konnte er nicht helfen.

Laufend erreichten ihn die Meldungen aus der Zentrale, und die Vermutung, dass das Unheil seinen Anfang in den Plejaden genommen hatte, war mittlerweile zur Gewißheit geworden. Gerade, als Amos völlig erschöpft abschalten wollte, kam eine ganz und gar unglaubliche Nachricht: Die SUUK II flog in das Sonnensystem ein!

Nicht nur Amos Carter stand am Rande des Raumhafens, als die SUUK II sich in den Morgenstunden des 4. August 2108 majestätisch auf das Landefeld senkte. Auch der Rest der Führungsspitze der CRC und sogar Robert T. Armstrong hatten sich eingefunden. Neugier stand ihnen allen ins Gesicht geschrieben. Wie war es diesem Schiff gelungen, durch die Front der Vernichtung hindurch zu fliegen? Diese und andere Fragen würden sich beantworten, sobald das Schiff endgültig gelandet war, hofften die Menschen.

Doch dazu kam es nicht.

Die SUUK II verharrte etwa fünf Meter über dem Boden, lautlos in der Luft schwebend. Eine Holo-Projektion erschien unvermittelt über der wartenden Menschenmenge; neugierig und staunend reckten sich die Köpfe in die Luft. Fast plastisch erschien das Sternbild der Plejaden in der Darstellung, schien näher zu kommen, so als beobachte man an Bord eines Schiffes die Annäherung. Schließlich schwebte der Betrachter über einem Planeten, dessen Spektrum an einen Diamanten im Licht denken ließ, dessen Feuer ein farbiges Kaleidoskop bildete. Dann sah der Zuschauer, dass Peet Orell und seine Gefährten das Schiff verließen und sich auf den Weg zu einem Plateau machten, über dem eine Scheibe schwebte, auf der Gebäude und ein Transmitter installiert waren. Die Aufnahme zoomte, bis die Gesichter der Menschen erkennbar wurden, die nacheinander in den Transmitter hineingingen.

All diese Aufnahmen liefen in gespenstischer Lautlosigkeit ab, was die Zuschauer ziemlich irritierte. Es war der Technik längst möglich, holografische Aufzeichnungen mit dem entsprechenden Ton zu unterlegen. Warum hatte man das hier nicht getan?

Doch gerade durch die fast unerträgliche Stille wirkten die Bilder umso eindringlicher. Gebannt und still betrachteten die Menschen den Ablauf – bis plötzlich alle entsetzt und verstört aufschrien. Das Tor des Transmitters hatte sich hinter den Menschen geschlossen, und eigentlich hatte jeder erwartet, dass jetzt der ganz normale Blitz der Entmaterialisierung erscheinen würde und danach der Käfig leer war.

Doch es geschah etwas anderes. Zwar gab es einen Blitz, doch dieser war stärker, greller, intensiver, und automatisch klappte in der Holo-Aufzeichnung ein Filter vor, um die Zuschauer nicht zu blenden. Der grelle Blitz wurde zu einer lautlosen Explosion, die alles im Umkreis verschlang – die Transmitter-Pyramide, die Gebäude und schließlich auch die Scheibe, auf der sich alles befand.

Amos Carter fühlte, wie eine eiskalte Hand nach seinen Herzen griff. Sollte das das Ende gewesen sein? Peet Orell tot???

Nein, nein und nochmals nein!!!

Doch die Bilder redeten eine andere Sprache. So, wie es die Aufzeichnung zeigte, mussten alle tot sein – oder war erst durch den Transport die Explosion ausgelöst worden und die Menschen und Moraner waren noch am Leben?

Amos klammert sich an diese letzte kleine Hoffnung, obwohl er vermutlich nie erfahren würde, was nun in Wahrheit geschehen war. Dieser Transmitter war zerstört, und damit gab es keine Hoffnung auf eine Rückkehr. Carter wollte sich abwenden, diese Bilder nicht mehr sehen müssen, doch das Nachfolgende hielt ihn dann im Bann.

Das Raumschiff entfernte sich vom Planeten, mit rasender Geschwindigkeit, und während dieses Fluges zeigten sich bereits die Auswirkungen der Erschütterung im Raum-Zeit-Gefüge. Die ersten Planeten gingen in Flammen auf, wurden von den kollabierenden

Sonnen gnadenlos angezogen und mit in die Vernichtung gerissen. Es war ein Film des Grauens, der gerade durch die Lautlosigkeit die Menschen bis ins Mark erschütterte.

Schließlich erlosch die Holographie, aber die Stille blieb.

Die SUUK II hob wieder vom Boden ab. Wer erwartet hatte, dass das Schiff jetzt endgültig landen würde, wurde enttäuscht. Das Raumschiff schwebte weiter nach oben, nahm dann Geschwindigkeit auf und verschwand. Betroffen und bestürzt standen die Menschen da, nur langsam kam Leben in sie.

Das Armbandgerät von Amos meldete sich. »Sir, die Stoßfront hat 71 Systeme völlig zerstört, soweit wir bisher feststellen konnten. Die Front verläuft wie ein Keil von den Plejaden aus, verschont aber die Erde und einen großen Teil ihrer Nachbarn. Riddle und Suuk sind teilweise unbewohnbar geworden. Die Moraner und die Suuk wollen sich eine neue Zuflucht suchen. Die Weltraumbeben ebben langsam ab, doch es kommt immer wieder zu Eruptionen, deren Auftreten nicht berechenbar ist.«

»Danke«, sagte Amos Carter mit rauer Stimme. In gewisser Weise würde die Menschheit neu anfangen müssen. Man hatte das technische Verständnis, einen unbezähmbaren Forscherdrang und Wissensdurst, dazu viel Zeit. Ein Kapitel der Menschheit war abgeschlossen, ein neues konnte beginnen.

Amos sah vor seinem geistigen Auge noch einmal die Bilder, die gerade an ihm vorbeigezogen waren: Peet, Jörn, Vivien, Eric, Arn, Junici und all die anderen. Er seufzte. Was auch immer mit ihnen geschehen sein mochte, er, Carter, stand hier und hatte die Aufgabe, die CRC weiterzuführen. Mochte Peet nun tot sein oder noch leben – vielleicht in einem anderen Kontinuum …

Wehmut und Trauer würden früher oder später schwinden, das Leben musste weitergehen.

Carters Blick ging ins Leere. Er wollte nur noch allein sein, um über die eben gesehenen Erlebnisse hinweg zu kommen.

Er fragte sich besorgt: *Was wird die Zukunft bringen?*

TITAN

STERNENABENTEUER

Band 14

Das Virtuversum

von Achim Mehnert

Prynadek-Daschar, der Weiße Prophet der Yikritschen, warnt vor der Ankunft des Sternenfressers. In wenigen Tagen soll das rätselhafte Möbius-Objekt das erste von intelligenten Wesen bewohnte Sonnensystem zerstören.

Die Crew der *TITAN* fliegt zum Planeten Arach und wird dabei von einer Polizei-Einheit verfolgt.

Adamson taucht auf und fordert die *TITAN*-Crew auf, das Arach-System zu verlassen, da bald die Ankunft des *Virtuversums* bevorsteht.

Und dann erscheinen die Goch'Dschiach, die Herren des *Virtuversums* …

TITAN-Sternenabenteuer ist eine actionreiche Space-Opera und die Fortsetzung der Serie RAUMSCHIFF PROMET - Neue Abenteuer.

Das Virtuversum, der erste Band der Virtuversum-Trilogie, ist die Fortsetzung des Katai-Zyklus. Das Exposé schrieb Thomas Ziegler.

BLITZ

www.BLITZ-Verlag.de